# GROOT SLEM
## EN ANDERE VERHALEN

**GROOT SLEM EN ANDERE VERHALEN**

van Leonid Andrejev

2e editie

Vertaling Amy Bakkes en Otto Boele

Leiden/ Haarlem, 18 april 2013

© 2013, Glagoslav Publications

www.glagoslav.com

ISBN: 978-1-78267-005-6

LEONID ANDREJEV

# GROOT SLEM
## EN ANDERE VERHALEN

VERTALING AMY BAKKES EN OTTO BOELE

UITGEVERIJ GLAGOSLAV

# INHOUD

---

[1] Integraal overgenomen uit *Apocalyps! Russische verhalen over het einde van de wereld*. Samengesteld, ingeleid en vertaald door Otto Boele, Amsterdam: Wereldbibliotheek, 1993 (43-44).

LEONID ANDREJEV

(1871-1919)

# CHRISTENEN

Langs de ramen dwarrelde natte novembersneeuw, maar in het gerechtsgebouw was het behaaglijk. Voor wie gewoon was het grote gebouw uit hoofde van zijn functie dagelijks te bezoeken, daar bekende gezichten tegen te komen, en steeds weer dezelfde inktpot te openen om daarin steeds dezelfde veer te dopen, heerste er een levendige en opgewekte sfeer. Hier speelden zich, net als in het theater, drama's af, (men noemde ze ook wel 'rechtbankdrama's') en het was fijn om zowel het publiek te zien, als de opgewekte drukte in de gangen te horen en daar ook nog eens zelf in mee te spelen. Ook in het buffet ging het er vrolijk aan toe; alle lichten waren al ontstoken en op de toonbank stonden allerlei smakelijke hapjes. Er werd gedronken, gekletst en gegeten. Als er mensen rondliepen met sombere gezichten, dan was dat ook in orde: zo is het nou eenmaal in het leven en in het bijzonder daar waar zich dag in dag uit 'rechtbankdrama's' afspelen. Daar in die kamer had een beklaagde zich op een keer door het hoofd geschoten; daar staat een soldaat met zijn geweer; ergens anders is weer het gerinkel van boeien hoorbaar. Het is een gezellig en vrolijk geheel.

De tweede afdeling strafrecht van de rechtbank zat vol publiek; er kwam namelijk een grote zaak voor de rechter. Iedereen had zijn plaats al ingenomen; de juryleden, de advocaten en de rechters; een verslaggever, de enige voorlopig, hield zijn notieboekje al in de aanslag en nam alles met belangstelling op. De president, een uitgezakte, dikke man met een grijze snor, noemde op routinieuze toon de namen van alle getuigen op:

'Jefimov! Uw naam en vadersnaam?'

'Jefim Petrovitsj Jefimov.'

'Bent U bereid om de eed af te leggen?'

'Ja, dat ben ik.'

'U kunt uw plaats weer innemen. Karasjev!'

'Andrej Jegoritsj... Ja, ik ben bereid.'

'U kunt uw plaats weer innemen... Blumenthal!'

Een flinke groep getuigen, ongeveer twintig man, schoof vlotjes aan de rechter voorbij. Sommigen zagen de vraag van de president al aankomen, antwoordden luid en rap, en liepen bereidwillig in de aangewezen richting; anderen werden door de vraag overrompeld, deden er verbouwereerd het zwijgen toe en keken achterom, onzeker of de genoemde achternaam op hen betrekking had of op een aanwezige naamgenoot. De getuigen à décharge wachtten de vraag in zijn geheel af en antwoordden ook volledig, niet gehaast en zelfs bedachtzaam; zij namen hun plaats weer in nadat de president hun dit had opgedragen en mengden zich niet onder de rest.

De beklaagde, een jonge man met een opstaand kraagje, beschuldigd van verduistering en oplichting, zat met neergerichte blik nerveus aan zijn snor te draaien en iets te overdenken; bij enkele achternamen draaide hij zich om, bekeek de opgeroepen persoon met een afkerige blik om vervolgens weer met verdubbelde drift aan zijn snor te gaan draaien en verder na te denken. De advocaat, ook nog een jonge man, smoorde een geeuw in zijn hand, rekte zich soepel uit en keek tevreden uit het raam, waarachter traag natte sneeuwvlokken neerdaalden. Hij was vandaag goed uitgeslapen en had net aan het buffet ontbeten met warme ham en erwtjes. Er waren nog maar een stuk of zes getuigen die nog niet waren opgeroepen, toen de president voor een verrassing kwam te staan:

'Bent U bereid de eed af te leggen? Gaat U...'

'Nee.'

Alsof hij in het duister tegen een boom was opgelopen en zijn voorhoofd daarbij pijnlijk had gestoten, verloor de president de draad van zijn vraag en viel even stil. Hij probeerde in het groepje getuigen voor het de vrouw te ontdekken – het was een vrouwelijke stem geweest – die zo beslist en scherp had geantwoord, maar al deze vrouwen leken op elkaar en keken hem met een en dezelfde eerbiedige en bereidwillige blik aan. Hij keek op de lijst.

'Pelageja Vasiljevna Karaöelova! Bent U bereid de eed af te leggen?', herhaalde hij de vraag en keek weer afwachtend naar de vrouwen.

'Nee.'

Nu ziet hij haar. De vrouw is van middelbare leeftijd, redelijk knap, met zwart haar, en ze staat achter de anderen. Ondanks de hoed en de modieuze jurk met de peervormige mouwen en de grote, absurde flap op de borst, lijkt ze hem niet rijk en zonder noemenswaardige opleiding. In haar oren draagt ze enorme zigeuneroorringen; in haar handen, die ze voor haar buik houdt, heeft ze een klein tasje. Als ze antwoordt, beweegt ze alleen haar mond; haar hele gezicht, de ringen in haar oren en ook de handen om haar tasje, blijven onbeweeglijk.

'Bent u orthodox?'

'Ja, ik ben orthodox.'

'Waarom wilt u de eed niet afleggen?'

De getuige kijkt hem recht aan en zwijgt. De getuigen voor haar zijn inmiddels uiteengeweken en nu staat ze daar helemaal alleen voor iedereen zichtbaar, met haar tasje in haar fijne, bleke handen.

'Behoort U misschien tot een of andere sekte die de eed niet erkent? Wees maar niet bang, u kunt vrijuit spreken, er zal u niets gebeuren. De rechtbank zal aandachtig naar uw uitleg kijken.'

'Nee.'

'U bent niet lid van een sekte?'

'Nee.'

'Luistert u eens, getuige: misschien bent u bang dat in uw getuigenverklaring iets onaangenaams naar boven komt… iets vervelends voor u persoonlijk, begrijpt u? Maar de wet geeft u het recht op zulke vragen niet te antwoorden, begrijpt u? Ben u dan nu bereid?'

'Nee.'

Haar stem lijkt nog jong, jonger dan haar gezicht en klinkt beslist en helder; waarschijnlijk is het een goede zangstem. De president haalt zijn schouders op, gebaart zijn collega aan zijn linkerzijde dichterbij te komen en fluistert hem iets toe. De man antwoordt eveneens fluisterend:

'Uiterst curieus. Zou ze zwanger zijn?'

'Kom nou toch… zwanger! Ik zie niets aan haar! … Getuige Karaöelova! De rechtbank wil graag weten op grond waarvan u weigert de eed af te leggen. Wij kunnen u toch niet zomaar van de eed vrijstellen? Geef eens antwoord! Hoort u mij wel?'

Opnieuw geeft de getuige zonder een vin te veroeren een kort antwoord, maar zo zachtjes, dat het niet te verstaan is.

'De rechtbank kan u niet verstaan. Iets harder alstublieft!'

De getuige kucht even en zegt dan luid:

'Ik ben een prostitué…'

De advocaat, die zachtjes met zijn voet op de maat van zijn gedachten zit te tikken, stopt hier ogenblikkelijk mee en staart de getuige strak aan. 'Ze zouden de lampen wel aan mogen doen…', denkt hij, en alsof hij precies de wens van de advocaat heeft geraden, drukt de parketwacht op een knop, en vervolgens op een andere. Het publiek, de juryleden en de getuigen richten hun blik omhoog en kijken naar de ontstoken lampen; alleen de leden van de rechtbank, gewend aan het effect van plotselinge verlichting, blijven onverschillig zitten. Nu is het helemaal knus: binnen is het licht, terwijl de sneeuw achter de ramen donker is geworden. Fijn! Een van de juryleden, een oude man, bekijkt Karaöelova eens goed en zegt dan tegen zijn buurman:

'Die met dat tasje…'

De buurman knikt zwijgend.

'Nou, en wat zou dat, dat u prostitué bent?', zegt de president waarbij hij het woord 'prostitué' net zo routineus uitspreekt als andere niet helemaal gewone woorden zoals 'moordenaar', 'rover' en 'slachtoffer'. 'U bent toch christen?'

'Nee, ik ben geen christen. Als ik een christen was, dan had ik me niet met zulke zaken bezig gehouden.'

De situatie krijgt langzamerhand iets absurds. Fronsend begint de president met zijn collega - aan zijn linkerzijde te overleggen en wil de getuige al weer toespreken; maar dan herinnert hij zich zijn collega aan zijn rechterzijde die al de hele tijd heeft zitten glimlachen, en vraagt hem of hij het er ook mee eens is. De collega antwoordt met dezelfde glimlach en een hoofdknikje.

'Getuige Karaöelova! De rechtbank heeft besloten uw fout aan u uit te leggen. Op grond van het feit dat u prostitué bent, beschouwt u zichzelf niet als christen en weigert u de eed, die onze wet verplicht heeft gesteld, af te leggen. Maar dat is een misvatting, begrijpt u? Waar u zich ook mee bezighoudt, dat is een zaak van uw geweten, wij kunnen ons daar niet in mengen; aan het feit dat u een bepaalde godsdienst aanhangt kunnen die bezigheden niets veranderen. Begrijpt u? U zou zelfs een struikrover kunnen zijn, of een overvaller, en nog steeds als een christen, een jood of een mohammedaan worden beschouwd. Neem ons nu, de plaatsvervangend officier van justitie, de heren juryleden we houden ons allemaal met verschillende zaken bezig: de een is ambtenaar, de ander zit in de handel, en dat weerhoudt ons er niet van christenen te zijn.'

Zijn collega-rechter aan zijn linkerzijde fluistert:

'Dat is nu toch wel al te gortig… Een struikrover, en meteen daarna hebt u het over de officier van justitie!.. En dan gaat het weer over een handelaar, - wie is er een handelaar? Alsof dit een kruidenierszaak is en niet de rechtbank. Dit kan echt niet, 't is gewoon gênant!'

'Kijk eens even getuige Karaöelova,' zegt de president langzaam die zich alweer van zijn collega afwendt. 'Uw bezigheden doen hier niet ter zake. U voert bepaalde religieuze handelingen uit: u gaat naar de kerk… Ja, gaat u eigenlijk naar de kerk?'

'Nee.'

'Niet? Waarom niet?'

'Hoe kan ik nou naar de kerk?'

'Maar u gaat wel ter biecht en ter Heilige Communie?'

'Nee.'

De getuige antwoordt zacht, maar wel hoorbaar. Haar handen met het tasje rusten nu bewegingloos op haar buik, terwijl in haar oren de gouden ringen nauwelijks waarneembaar bewegen. Van het elektrische licht of van de opwinding heeft ze een roze kleur gekregen en daardoor oogt ze jonger. Elke keer als ze 'nee' zegt, kijken de mensen in het publiek elkaar met een glimlach aan; een man op de achterste rij, zo te zien een ambachtsman, mager met een plukbaard en een langgerekte, dunne nek waarin zijn adamsappel duidelijk zichtbaar is, fluistert vrolijk tot wie het maar horen wil:

'Jeetje, wat dramt ze door!'

'Maar u bidt natuurlijk wel tot God?'

'Nee. Eerst deed ik dat wel, maar daar ben ik mee gestopt.'

Een van leden van de rechtbank fluistert de president op gedecideerde toon toe:

'Ja, vraagt u dan maar een van de andere getuigen! Het is toch allemaal een pot nat. Vraagt u maar of zij bereid zijn.'

Met tegenzin pakt de president de lijst en zegt:

'Getuige Poestosjkina! Uw bezigheden, als ik me niet vergis…'

'Prostitué!', antwoordt de getuige vlot en bijna geamuseerd. Het is een jong meisje, ook met een hoed op en gehuld in een modieuze jurk.

Ook zij heeft het wel naar haar zin in de rechtszaal. Al een paar keer heeft ze steelse blikken met de advocaat uitgewisseld die dan bij zichzelf denkt: 'Ze zou een knap kamermeisje zijn, die zou op een flinke fooi kunnen rekenen…'

'Bent U bereid de eed af te leggen?'

'Ja, meneer de rechter…'

'Nou ziet u wel, Karaöelova! Uw vriendin is wel bereid. En u, getuige Kravtsjenko, bent u ook bereid?'

'Jazeker!', antwoordt de dikke Kravtsjenko die met haar dubbele onderkin over een volle contra-alt, bijna een bas, blijkt te beschikken.

'Nou ziet u wel, en nog een!.. Allemaal zijn ze bereid. Dus hoe zit dat met u?'

Karaöelova zwijgt.

'U weigert nog steeds?'

'Ja.'

Poestosjkina glimlacht haar vriendschappelijk toe. Karaöelova antwoordt met een vluchtig glimlachje en wordt dan weer ernstig. De rechtbank overlegt even en de president, die zijn vriendelijke, enigszins vrome gezicht heeft opgezet, wendt zich nu tot de priester die in afwachting van de eedaflegging zwijgend bij de koorlessenaar staat te luisteren.

'Vader! Gezien de koppigheid van de getuige, kunt u proberen haar ervan te overtuigen dat zij een christen is? Getuige, treed nader!'

Zonder haar handen van haar buik te halen, doet Karaöelova twee stappen naar voren. De priester voelt zich ongemakkelijk: met een rood hoofd fluistert hij de president iets toe.

'Nee, vader, kan dat nou echt niet hier?... Ik ben bang dat de anderen dan ook gaan tegensputteren.'

De priester doet zijn borstkruis goed en zegt dan, nog roder dan hij al was:

'Juffrouw, uw gevoelens strekken u tot eer, maar het is onwaarschijnlijk dat christelijke gevoelens…'

'Ik zeg toch: wat voor christen ben ik nou helemaal?'

De priester werpt een hulpeloze blik op de president. Deze zegt dan:

'Getuige, luister naar de priester, hij legt het u uit.'

'Juffrouw, wij allen zijn zondig voor de Heer, de een in gedachten, de ander in woorden, een derde in daden, maar het is aan Hem die ons genadig is over ons geweten te oordelen. Deemoedig en zachtaardig, zoals Job die door God was uitverkoren, dienen wij alle beproevingen ons door de Heer opgelegd te aanvaarden, beseffend dat buiten zijn wil niet één haar van ons hoofd zal vallen. Hoe groot uw zonde ook moge zijn, juffrouw, de zelfveroordeling, de eigenmachtige afscheiding van de kerk is een nog veel zwaardere zonde dan het verzet tegen de goddelijke wil. Het kan zijn dat uw zonde u als een beproeving is opgelegd zoals de Heer ons ziektes zendt en het verlies van bezittingen: Maar u, in uw hoogmoed...

'Maar, vader, van wat voor hoogmoed kan er in ons vak nou sprake zijn?'

'... wacht het oordeel van Christus niet af en doet stoutmoedig afstand van omgang met de Heilige Orthodoxe Kerk. Kent u het symbool van het geloof?'

'Nee.'

'Maar u gelooft in onze Heer Jezus Christus?'

'Natuurlijk.'

'Iedereen die oprecht in Christus gelooft kan de naam van christen aannemen.'

'Getuige! Begrijpt u 't nu: u hoeft alleen maar in Christus te geloven', dringt de president aan.

'Nee!' antwoordt Karaöelova beslist. 'Wat doet het er toe dat ik geloof wanneer ik ben zoals ik nu ben? Als ik een christen was geweest zou ik niet zo zijn. Ik bíd toch ook niet tot God!'

'Dat klopt', bevestigt getuige Poestosjkina. 'Zij bidt nooit. We hebben in ons huis – ons huis is heel mooi, heel chique – een icoon opgehangen, en toen is zij naar de andere kant van het huis gegaan. En hoe we ook op haar inpraatten, maar niks hoor. Zo is ze nu eenmaal, meneer de rechter! Zelf heeft ze het met haar karakter ook niet makkelijk.'

'Onze Heer Jezus Christus', ging de priester verder na een blik op de president 'heeft zelfs een overspelige vrouw vergeven, toen zij berouw toonde…'

'Ja, zij toonde berouw, maar ik?'

'Maar als het uur van de geestelijke verlichting aanbreekt, zult ook u berouw tonen.'

'Nee. Alleen als ik oud ben, op mijn sterfbed, zal ik berouw hebben, maar wat stelt dat dan voor? En maar zondigen, en maar zondigen, en daarna opeens van het ene op het andere moment berouw tonen. Nee, er is niets meer aan te doen.'

Inderdaad, wat stelt dat dan voor?', stemt de aandachtig luisterende Kravtsjenko met haar basstem in. 'Dat zingt maar liedjes, drinkt bier en neemt mannen mee, en dan, hup, ineens heeft ze berouw gekregen. Wat moet je nou met zulk berouw? Nee, er is echt niets meer aan te doen.'

Ze doet een stap naar voren en plukt met haar vette, korte vingers een draadje van Karaöelova's schouder; die verroert zich niet.

'Die twee zouden samen een prima duetje kunnen zingen', denkt de advocaat. 'Lekker droefgeestig! Die dikke heeft een borst als een blaasbalg. Maar waar dat bordeel precies is, kan ik me niet herinneren.'

De president maakt een vertwijfeld gebaar en nadat hij opnieuw een vriendelijk en vroom gezicht heeft opgezet, gebaart hij dat de priester zijn plaats weer kan innemen. 'Het spijt me, vader!.. Wat een koppigheid! Excuses dat we U hiermee hebben lastiggevallen.'

De priester buigt en gaat weer op zijn plaats bij de koorlessenaar staan terwijl hij zijn borstkruis met licht trillende handen recht hangt. In het publiek wordt druk gefluisterd, en de ambachtsman, wiens baard in de tussentijd nog dunner lijkt te zijn geworden, steekt zijn nek met een gelukzalige glimlach alle kanten uit van waaruit gefluister opstijgt. 'Jeetje wat dramt ze door!', fluistert hij wanneer zijn blik die van een ander kruist.

De beklaagde, geërgerd over het oponthoud, zit afkeurend naar Karaöelova te kijken, nerveus aan zijn snor te draaien en denkt er het zijne van.

De rechtbank slaat weer aan het overleggen.

'Wat moeten we nou doen? Dat mens is volkomen getikt!', zegt de president kwaad. Ze proberen haar het hemelrijk in te slepen, maar zij...'

'Volgens mij,' zegt zijn collega 'zouden we haar verstandelijke vermogens moeten laten onderzoeken. In de Middeleeuwen veroordeelde de rechtbank vrouwen tot de brandstapel die eigenlijk geen heksen waren, maar hysterisch.'

'Daar heb je hem weer! Dan zouden we eerder de plaatsvervangend officier van justitie moeten laten onderzoeken: moet je nou toch eens zien hoe die zich uitslooft!'

De plaatsvervangend officier van justitie, een jonge man met een rechtopstaand kraagje en een snor, die eigenlijk vreemd veel wegheeft van de verdachte, probeert al een tijdje de aandacht van de rechtbank te trekken. Hij schuift heen en weer op zijn stoel, komt een beetje overeind, gaat bijna met zijn borst op de lessenaar liggen, schudt zijn hoofd, glimlacht en leunt met zijn hele lichaam naar voren, richting de president, totdat deze hem toevallig aankijkt. Het is duidelijk dat de man iets weet en staat te trappelen om dit te kunnen zeggen.

'Wat wenst u, meneer de officier van justitie? En een beetje kort, alstublieft!'

'Sta mij toe...'

En, zonder het antwoord af te wachten, recht de officier van justitie zijn rug en vraagt Karaöelova snel:

'Verdachte, excuseer, getuige, hoe is uw voornaam?'

'Groesja.'

'Dat is dan… Dat komt van Agrafena, Agrippina. Een christelijke naam. Dus, dan bent u gedoopt. Dus…'

'Nee. Toen ze mij doopten, noemden ze mij Pelageja.'

'Maar u zegt net onder getuigen dat u Groesja heet?'

'Dat klopt. Maar ik ben Pelageja gedoopt.'

'Maar u…'

De president onderbreekt hem:

'Meneer de officie van justitie! Ook op de lijst staat dat ze Pelageja heet. Kijk maar!'

'Oh, dan heb ik niets…'

Hij doet gehaast zijn jaspanden uit elkaar, werpt een strenge blik op de verdachte en de advocaat, en gaat zitten.

Karaöelova wacht af. De situatie wordt steeds absurder. In het publiek wordt het gepraat luider en de parketwacht heeft al een paar keer streng naar de zaal omgekeken en vermanend zijn vinger opgeheven. Misschien komt dit doordat de rechtbank in aanzien is gedaald, misschien ook heeft zich van het publiek gewoon een vrolijke stemming meester gemaakt.

'Stilte daar!', schreeuwt de president. 'Meneer de parketwacht! Als er iemand praat, verwijdert u hem ogenblikkelijk uit de zaal.'

Een jurylid is gaan staan, een lange, benige oude man in een pandjesjas, op het gezicht een oud-gelovige, en deze wendt zich tot de president:

'Mag ik haar eens ondervragen? Karaöelova, houdt u zich al lang met prostitutie bezig?'

'Al acht jaar.'

'En wat deed u daar voor?'

'Ik had een betrekking als kamermeisje.'

'En wie heeft u verleid? De zoon of de heer des huizes?'

'De heer des huizes.'

'En heeft u daar veel voor gekregen?'

'In geld tien roebel, en een zilveren broche, en kasjmier voor een jurk. Ze hadden een eigen winkel.'

'Was het dat nou allemaal waard?'

'Ik was jong, naïef. Ik weet ook wel dat het weinig voorstelde.'

'Zijn er kinderen uit voortgekomen?'

'Eentje.'

'Waar is die nu?'

'Die is in het weeshuis overleden.'

'Ben je ziek geweest?'

'Ja.'

De oude man draaide zich koeltjes om, ging zitten en eenmaal op zijn plaats zei hij:

'Inderdaad, wat ben jij ook voor een christen! Voor tien roebel heb je je ziel aan de duivel verkocht, je lichaam bezoedeld.'

'Sommige van die oudjes geven meer!', nam Poestosjkina het voor haar vriendin op. 'Laatst was er ook nog zo'n deftig oud heertje bij ons, een beetje zoals u...'

In het publiek klonk gelach.

'Zwijg, getuige, U wordt niets gevraagd!' onderbrak de president haar streng. 'Bent u klaar? Wat is er, meneer het jurylid? Wilde U ook iets vragen?'

'Ja inderdaad, staat u mij toe mijn zegje te doen, als we bij dit onderwerp zijn aangeland...' klonk de dunne en bijna kinderlijke stem van een ongewoon grote en dikke koopman die helemaal uit rondingen en halve bollen leek te bestaan: een ronde buik, een vrouwelijke ronde borst, cupidoachtige bolle wangen met roze in het midden samengetrokken lippen. 'Het zit zo, Karaöelova, of hoe je ook mag heten, doe met God wat je wilt, maar vervul hier op aarde je plichten. Jij weigert vandaag de eed af te leggen: 'Ik ben geen christen'; maar morgen ga je om diezelfde reden uit stelen of voer je wie dan ook van je gasten dronken met een slaapdrank. Daar hebben jullie geen moeite mee. Je hebt gezondigd, welnu, toon dan ook berouw, daar heb je de kerk voor; maar doe geen afstand van het geloof, want als jullie soort ook nog afstand doet van het geloof, dan is het einde zoek.'

'Nou, misschien ga ik inderdaad wel uit stelen. Ik zei toch al dat ik geen christen ben.'

De koopman schudde zijn hoofd, ging zitten en, met zijn hele lichaam naar zijn buurman vooroverbuigend, zei hij duidelijk hoorbaar:

'Zo gaat dat met zo'n wijf, iedereen breekt er zijn poten op, maar er is geen beweging in te krijgen.'

'Ook dikke klanten zijn niet allemaal eerlijk, meneer de rechter', sprong Poestosjkina in de bres. 'Laatst kregen we zo'n dikzak over de vloer, zo ongeveer als hij daar, hij dronk als een tempelier, misdroeg zich, zette de bloemetjes flink buiten en toen wilde hij er via het achterdeurtje vandoor. Gelukkig bleef hij vastzitten. "Ik handel in was en kaarsen", zei-ie, "ik wil niet dat mijn goeie geld aan zulke smerige zaakjes wordt uitgegeven', en zelf was-ie nota bene stomdronken. Volgens mij…'

'Zwijg, getuige!'

'Het zijn gewoon oplichters, en daarmee uit. Ook die dikzakken, zeg ik je!'

'Zwijg, getuige, of ik laat u verwijderen. Had u nog iets, meneer de officier van justitie?'

'Staat u mij toe… Getuige Karaöelova, ik heb begrepen dat u als bijnaam Groesja hebt, maar dat u eigenlijk Pelageja heet. U bent dus gedoopt; als u volgens het overeenkomstig ritueel gedoopt bent, dan bent u christen, en zo zal dat dan ook opgenomen zijn in uw geboortebewijs. Het mysterie van het doopsel, zoals bekend, vormt het wezen van de christelijke leer …'

De officier van justitie, die het thema onder de knie begon te krijgen, werd steeds strenger.

'Straks begint hij nog over haar paspoort', fluisterde de president en onderbrak de officier van justitie: 'Getuige, begrijpt u 't: als u bent gedoopt, bent u christen. Bent U nu bereid de eed af te leggen?'

'Nee.'

'Nou ziet u, meneer de officier van justitie, ze weigert.'

Dit kon zo niet langer duren. Onbenulligheden en de absurde koppigheid van de vrouw hielden de hele zaak op, en in plaats van het soepele, heldere en harmonische gesnor van het gerechtsapparaat deed zich een krankzinnige chaos voor. Bij de gebruikelijke en heimelijke verachting die de mannen voor de vrouw voelden, mengde zich nu ook nog een gevoel van persoonlijke gekrenktheid: hoe bescheiden ze zich ook opstelt, de indruk ontstaat dat ze beter is dan alle anderen, beter dan de rechters, beter dan de juryleden en het publiek. De lampen zijn ontstoken, alles klopt, alleen zij houdt haar poot stijf. Er lacht al niemand meer, en de ambachtsman met de plukbaard heeft er ineens genoeg van en zegt: 'Ik zou je eigenlijk een keertje een knal moeten verkopen, dan zou je het meteen begrijpen!'. Zijn buurman antwoordt, zonder om te kijken: 'Ja, jij zou alles met je vuisten willen doen, broertje, maar overtuig haar maar eens!' 'Zwijg, meneer, u begrijpt dat niet, ook een vuist is door God gegeven'. 'En waar hebben ze die baard van u zo uitgedund?' 'Dat is voor jou een vraag en voor mij een weet'. De parketwacht sist, de gesprekken verstommen en iedereen kijkt nieuwsgierig naar de overleggende rechters.

'Luistert u eens, Lev Arkaditsj, God mag weten wat dit moet voorstellen!', zegt een van leden van de rechtbank. 'Dit is geen rechtbank, maar een gekkenhuis. Wie staat er nu terecht? Zij of wij soms? Voor dat genoegen heb ik de eer te bedanken!

'En wat wilt u daarmee zeggen? Dat ik het volgens u allemaal met opzet doe?' zei de president met een hoogrode kleur. 'Kijkt u eens naar haar, naar die dikke Kravtsjenko, die eet Karaöelova immers met haar ogen op. Er wordt hier een ketterse leer verkondigd en dan wilt u dat ik een beetje voortmaak. Ik dank u vriendelijk! En ik kan toch niet weigeren, nu we al hebben toegestaan… Wenst u iets te zeggen, meneer het jurylid? Alleen een beetje kort, alstublieft, we zijn hier nu al een halfuur mee kwijt.'

Het was een jonge man met een ongewoon intelligente, bijna spirituele uitstraling; hij zag er met zijn grote bos donzig haar uit als een dichter of een jonge pope; zijn handen waren slank en uitgedroogd, en hij sprak wat moeizaam, alsof zijn woorden de luchtweerstand niet konden overwinnen. Tijdens het verhoor van Karaöelova had hij gekweld zitten fronsen, en nu klonk deze kwelling in zijn zachte stem door.

'Het is heel verdrietig, wat u daar vertelt, getuige, en ik voel diep met u mee, maar u moet wel begrijpen dat u de essentie van het christendom niet zo mag bagatelliseren door het terug te brengen tot enkel zonde en deugd, tot kerkbezoek en rituelen. De essentie van het christendom zit 'm nu juist in de mystieke nabijheid tot God…'

'Excuseer', onderbrak de president hem. 'Karaöelova, weet u wat "mystiek" betekent?'

'Nee.'

'Meneer het jurylid! De getuige kent de betekenis van het woord "mystiek" niet. Wees zo vriendelijk u wat eenvoudiger uit te drukken. U ziet toch dat ze helaas niet erg ontwikkeld is.'

'Het aangezicht van Christus, dat is de basis en het vaste punt, De hemel heeft zich na de besnijdenis geopend, er is geen zonde, geen deugd en geen rijkdom. Het hortende, hijgende gefluister, dat is het embryo van alle sfinxen…'

'Meneer het jurylid! Ik begrijp er ook niets van. Kan het niet wat eenvoudiger?'

'Eenvoudiger gaat niet…', zei het jurylid terneergeslagen. 'Het mystieke vraagt om een eigen taal… Kortom, waar het om gaat, is de nabijheid tot God.'

'Karaöelova, begrijpt u het? Het gaat om de nabijheid tot God, om niets anders.'

'Niks hoor. Hoe zou ìk in mijn vak nabij God kunnen zijn? Ik heb zelfs geen iconenlampje in mijn kamer. Anderen wel, maar ik niet.'

'Laatst nog', baste Kravtsjenko, 'goot er een gast bier in mijn iconenlampje. Ik zeg: "Jij teringlijer, en je bent nog kaal ook!" Zegt hij: "Zwijg poes", zegt hij, "het licht van Christus schijnt ook in de duisternis". Echt waar!'

'Getuige Kravtsjenko! Geen grappen. Alstublieft! Had u nog iets, getuige?'

De getuige, een wijkagent in parade-uniform, treedt rinkelend met zijn sporen naar voren.

'Edelachtbare! Staat u mij toe dat ik me terugtrek met getuige Karaöelova.'

'En waarom dat?'

'In verband met de eed, Edelachtbare. Hun huis staat in mijn district… Ik zal zorgen dat … zij legt de eed zo af, Edelachtbare.'

'Nee', zei Karaöelova, die een beetje bleek geworden was en niet naar de inspecteur keek.

Deze draaide zijn hoofd opzij zodat zijn met medailles behangen borst voor de rechtbank zichtbaar was.

'Jawel, je legt hem wel af!'

'Nee!'

'Dat zullen we nog wel eens zien…'

'Dat zullen we zeker…'

'Genoeg, genoeg!' riep de president boos. 'Meneer de wijkagent, ga op uw plaats staan: wij hebben uw hulp nu even niet nodig.'

Waardig en met rinkelende sporen treedt de wijkagent terug. Vanuit het publiek stijgt een grimmig gefluister op. De ambachtsman, die nu weer op de hand van Karaöelova is, zegt: 'Nou volhouden wijffie! Ze gaan je tanden poetsen tot ze blinken als een samovar.' 'Nou, u overdrijft wel.' 'Overdrijven! Zwijg, meneer: u begrijpt niets van deze zaak, en ik wel!' 'Waar hebben ze die baard ook maar weer geplukt?' 'Dat gaat je niks an! Zeg me liever of hier ook een buffet derde klasse is? Een hartversterker op de zielenrust van de slaaf Gods Pelageja zou er wel in gaan.' 'Stil daar!' schreeuwde de president. 'Meneer de parket-wacht! Doe iets!'

Op zijn tenen loopt de parketwacht in de richting van het publiek, maar wanneer hij dichterbij komt, wordt iedereen stil, en net zo zacht keert hij weer naar zijn plaats terug. De verslaggever schrijft zijn notitieblok gretig vol, maar zijn gezicht staat wanhopig: hij voorziet dat de censuur het meeste van wat hij schrijft nooit zal laten passeren.

'Zoals u wilt, maar we moeten er een eind aan maken!' zegt een van de leden van de rechtbank. 'Anders wordt het nog een heus schandaal.'

'Misschien dat… Wat wilt u nu nog, meneer de advocaat? Alles is al opgehelderd. Gaat u zitten!'

Met elegant gebogen nek en zijn middel nauw omsloten door zijn zwarte rokkostuum, zegt de advocaat:

'Maar als meneer de officier van justitie het woord heeft gekregen…'

'Dan hebt u daar óók recht op? vroeg de president met moedeloze ironie en schudde het hoofd. 'Nou goed dan, spreekt u dan maar als u dat zo graag wilt, maar houdt het kort alstublieft!'

De advocaat draait zich om naar de juryleden.

'De scherpzinnige theologische bespiegelingen van mijn collega meneer de officier van justitie en van meneer de wijkagent …', begint hij langzaam.

'Meneer de advocaat!' onderbreekt de president hem streng. 'U hoeft niet persoonlijk te worden!'

De advocaat draait zich om naar de rechtbank en maakt een buiging:

'Zoals u wenst.'

Daarna wendt hij zich opnieuw tot de juryleden, bekijkt hen van top tot teen met een stralende blik en verzinkt dan plotseling met gebogen hoofd in gedachten. Zijn handen houdt hij op borsthoogte, zijn ogen zijn stijf dichtgeknepen, zijn wenkbrauwen gefronst en met heel zijn voorkomen doet hij denken aan iemand die dodelijk verliefd is of juist heel erg moet niesen. Zowel de juryleden als het publiek volgen hem met grote belangstelling in afwachting van wat komen gaat en alleen de rechters, die gewend zijn aan zijn redekunstige foefjes, blijven onverschillig. Heel langzaam ontwaakt de advocaat uit zijn overpeinzingen: eerst vallen zijn handen krachteloos van zijn borst, daarna gaan zijn ogen een beetje open, daarna heft hij langzaam zijn hoofd op en dan pas rollen als tegen zijn zin de woorden uit zijn mond:

'Heren rechters en heren juryleden!'

En hij begint een wel heel ongewone rede: nu eens fluistert hij, maar wel zo dat iedereen hem hoort, dan schreeuwt hij het weer uit, of verzinkt in gedachten en kijkt hij versteend, als in een catalepsie, net zolang een van de juryleden aan totdat deze met zijn ogen begint te knipperen en zijn blik afwendt.

'Heren rechters en heren juryleden! U heeft net de veelzeggende dialoog tussen getuige Karaöelova en meneer de wijkagent gehoord, en de betekenis hiervan kan voor u geen raadsel zijn. Gezien de uitgebreide middelen waarmee onze autoriteiten invloed kunnen uitoefenen en gezien ook hun onwrikbare streven om de dwalenden weer in de schoot van het orthodoxe geloof te doen terugkeren...'

'Meneer de advocaat, wat moet dit nu weer voorstellen!' windt de president zich op. 'Ik kan niet toestaan dat u hier de bij de wet aangestelde autoriteiten veroordeelt. Ik ontneem u het woord.'

Op bescheiden, maar gehaaste toon zegt de officier van justitie:

'Ik zou willen verzoeken om de woorden van meneer de advocaat in het zittingsverslag op te nemen.'

Zonder aandacht te schenken aan de officier van justitie, buigt de advocaat opnieuw voor de raad:

'Zoals u wenst. Ik wilde alleen maar zeggen, heren juryleden, dat mevrouw Karaöelova, voor zover ik het begrijp, zelfs niet van haar zienswijze zal afwijken in het, voor ons trouwens onmogelijke, geval ze bedreigd zou worden met de brandstapel of Inquisitie-achtige folte-ringen. In de persoon van mevrouw Karaöelova zien wij, heren juryleden, als het ware het omgekeerde type van de 'christelijke martelares', die in de naam van Christus afstand van Hem lijkt te doen; terwijl ze "nee"zegt, zegt ze in wezen "ja".'

Een groot en prachtig visioen lichtte vaag, maar aan-lokkelijk op in het hoofd van de advocaat; zijn vingers zijn koud geworden en met een opgewonden stem, waaruit de redenaarskunst voor de helft is verdwenen, vervolgt hij:

'Zij is een christen. Zij is een christen en ik zal het u bewijzen, heren juryleden! De getuigenverklaringen van de dames Poestosjkina en Kravtsjenko evenals de beken-tenis van Karaöelova zelf geven ons een volledig beeld van hoe zij in deze pijnlijke situatie is beland. Een onervaren, naïef meisje, misschien nog maar net uit het dorp weg-getrokken, weggerukt van haar onschuldige geneugten, valt in handen van een smerige wellusteling en, tot haar afschuw, komt ze erachter dat ze zwanger is. Ze baart het kind ergens in een schuur en...'

'Kan het niet iets korter, meneer de advocaat! Het is ons allemaal bekend dat mevrouw Karaöelova zich met prostitutie bezighoudt. De heren juryleden zijn geen kin-deren meer, en weten zelf heel goed hoe dat gaat. Keert u terug naar het christendom. Overigens behoort Karaöe-lova niet tot de boerenstand, maar is zij een burger van de stad Voronezj.'

'Zoals u wenst, meneer de president, hoewel ik denk dat ook burgers hun onschuldige geneugten hebben. Welnu, in haar ziel draagt mevrouw Karaoëlova het ideaal van de mens zoals deze volgens Christus moet zijn. De werkelijk-heid daarentegen met haar achtenswaardige oude heer-tjes die bier in iconenlampjes gieten, met haar dronken bedwelming, haar beledigingen en wellicht met lichamelijk geweld, die werkelijkheid vreet dat beeld aan en bezoedelt het. En in deze tragische botsing wordt de ziel van mevrouw Karaoëlova verscheurd. Heren juryleden! U heeft haar hier gezien als een rustige, bijna glimlachende vrouw, maar weet u wel hoeveel bittere tranen haar ogen in de nachtelijke stilte hebben geweend, hoeveel scherpe naalden van brandend berouw en verdriet in dat afgepeigerde hart steken! Zou ze werkelijk niet, net als al die andere fatsoenlijke vrouwen, ter kerke willen gaan, naar de biecht, naar de Communie – in zo'n prachtig wit communiegewaad, en niet zoals nu gehuld in het schandelijke kleed van zonde en misdaad? Misschien is zij, in haar nachtelijke dromen, al meer dan eens op haar knieën naar die stenen treden gekropen, overlaadde zij ze met hete kussen, zichzelf onwaardig achtend om het heiligdom binnen te gaan… En dat zou dan geen christen zijn! Wie is dan de naam van christen wel waardig? Vormen die tranen niet een daad van boetedoening, die een overspelige vrouw deed veranderen in Magdalena, deze heilige, zo hoog geëerde…'

'Nee! onderbrak Karaöelova hem. 'Dat is niet waar. En ik heb helemaal niet gehuild en ook geen berouw gekregen. Wat stelt dat berouw nou voor als je steeds weer hetzelfde doet? Kijkt u maar eens…'

Zij opende haar tas, nam er een zakdoek en daarna een portemonnee uit. Nadat ze op haar handpalm twee zilveren roebels en wat kleingeld had gelegd, stak ze deze uit naar de advocaat en daarna naar de raad. Een muntje gleed van haar hand, rolde over de schone betonnen vloer en bleef naast het spreekgestoelte van de advocaat liggen. Maar niemand bukte zich om het op te rapen.

'Waarvoor heb ik dat geld ontvangen? Voor dat, ja. En ook deze jurk, hoed, en oorbellen – alles voor dat. Kleed me uit tot ik poedelnaakt ben, en je zult niets vinden wat werkelijk van mij is. Zelfs mijn lichaam is niet van mij – het is voor de komende drie jaar verkocht, misschien wel voor mijn hele leven. Ons leven duurt maar kort. En wat heb ik in mijn maag? Port, en bier, en chocola, daar heeft een gast me gisteren op getrakteerd, dus ook mijn maag is niet van mij. Nee, ik ken geen schaamte, heb geen geweten: wil je dat ik me helemaal uitkleed, dan kleed ik me uit; wil je dat ik op het kruis spuug, dan spuug ik.'

Kravtsjenko begon te huilen. Haar tranen sijpelden niet, maar stroomden in snelle, aanzwellende druppels naar beneden en vielen op haar onnatuurlijk uitstekende boezem als op een dienblad. Ze veegde ze weg, niet bij haar ogen, maar rond haar mond en op haar kin waar ze kietelden.

'Tweede dagen geleden nog ben ik met een gast getrouwd, voor de grap natuurlijk: in plaats van kransen hielden ze nachtvazen boven ons hoofd, in plaats van kaarsen bierflesjes met de bodem omhoog, en een andere gast was pope, hij had mijn jurk binnenstebuiten aangetrokken, zo liep-ie rond. En zij, - Karaoëlova wees naar de huilende Kravtsjenko - was zogenaamd mijn moeder, ze huilde, liep over van verdriet, alsof het allemaal serieus was. Zij is gek op huilen. En ik maar lachen, het was ook echt heel grappig. Om de kerk geef ik niets, ik probeer er zelfs niet langs te lopen, van mij hoeft het niet. Hier zeiden ze ook: 'Bidden', maar ik heb zelfs de woorden niet om te bidden. Allerlei woorden ken ik, zelfs zulke woorden, die jullie niet kennen, ook al zijn jullie mannen; maar de echte woorden ken ik niet. En waarvoor zou ik moeten bidden? Voor het hiernamaals ben ik niet bang, slechter wordt het niet; en hier bereik je weinig met een gebed. Ik heb gebeden dat ik niet zou hoeven baren, maar het is er toch van gekomen. Ik heb gebeden dat mijn kind bij mij zou wonen, maar ik moest hem afgeven aan het weeshuis. Ik heb gebeden dat hij daar tenminste een leven had, maar toen overleed-ie pardoes. Ik heb voor heel wat dingen gebeden toen ik nog wat dommer was, en dankzij goede mensen heb ik het afgeleerd. Een student heeft het me afgeleerd. Net zoals u begon hij te praten over mijn jeugd en wat al niet, en hij wist mij zo ver te krijgen dat ik in tranen uitbarstte en begon te bidden: Heer, haal me hier weg! Zegt die student: "Kijk nu ben je een mens geworden, en nu kan ik met jou een liefdesverhouding beginnen." Hij heeft het me afgeleerd. Natuurlijk neem ik het hem niet kwalijk: iedereen vindt het prettiger met een eerlijk iemand te kussen dan met zo een als ik of als zij. Nee echt, wat voor christen ben ik, heren rechters, laten we er niet om heen draaien? Ik ben Groesja de zigeunerin, neem mij zoals ik ben.'

Karaöelova slaakte een lichte zucht, schudde haar hoofd, waarbij de gouden hoepels in haar oren even oplichtten, en voegde simpelweg toe:

'Ik heb hier een twintigkopenstuk laten vallen, mag ik het oprapen?'

Iedereen zweeg en keek hoe Karaöelova zich bukte en het muntstuk opraapte van de gladde vloer.

'Nou, en u dan', wendde de president zich verbitterd tot Poestosjkina en Kravtsjenko, bent u wel bereid de eed af te leggen?'

'Wij wel…', antwoordde Kravtsjenko huilend. 'Maar zij niet!'

'Meneer de president!' Streng en statig richt de officier van justitie zich op. 'Gezien het feit dat veel van wat getuige Karaöelova hier heeft meegedeeld onder het begrip godslastering kan worden geschaard, zou ik graag, als vertegenwoordiger van het procureurstoezicht, willen weten of zij zich geen namen kan herinneren?'

'Ach, godslastering!', antwoordde Karaoëlova. 'We waren gewoon dronken. En ik weet hun namen toch niet meer, zou ik ze allemaal moeten onthouden?'

De rechters overleggen geruime tijd, maar zonder resultaat. Ze roepen zelfs de officier van justitie bij zich en proberen hem fluisterend iets aan zijn verstand te brengen. Dan nemen ze een besluit: 'Getuige Karaoëlova dient met het oog op haar niet-christelijke overtuigingen zonder eedaflegging ondervraagd te worden'.

De overige getuigen bewegen zich in een kluitje naar de koorlessenaar, waar de in kerkgewaad gehulde priester met kruis hen opwacht.

De parketwacht zegt luid:

'Staan alstublieft!'

Iedereen staat op en draait zich naar de koorlessenaar. Nu ziet Karaöelova alleen nog maar ruggen en achterhoofden: kale, behaarde, ronde, platte en spits toelopende achterhoofden.

De priester zegt:

'Hef uw hand!'

Alle getuigen heffen hun hand op.

'Herhaalt u mijn woorden', zegt de priester en vervolgt op een heel andere toon: 'Ik beloof en zweer...'

Een gezoem van verschillende stemmen stijgt op waarbij de dikke alt van Kravtsjenko, nog vol van tranen, duidelijk te onderscheiden is.

'Ik beloof en zweer...'

'Voor God Almachtig en Zijn Heilige Evangelie...'

'Voor God Almachtig... en zijn... Heilige... Evangelie...'

Zo is alles toch nog goed gekomen en verloopt verder zoals het hoort: strak, soepeltjes en zonder een centje pijn.

Gedurende de hele eedaflegging en het kussen van het kruis, staat Karaöelova onbeweeglijk stil en kijkt naar één punt: de rug van de president.

Alle getuigen worden weggestuurd, behalve Karaöelova.

'Getuige! De rechtbank heeft u vrijgesteld van de eed, maar onthoudt, dat u in uw getuigenis alleen de waarheid mag spreken, naar eer en geweten. Belooft u dit?'

'Nee… Wat voor geweten zou ik moeten hebben? Ik heb toch al gezegd, dat ik helemaal geen geweten heb.'

'Wat moeten we nou met u beginnen?' roept de president uit en maakt daarbij een hopeloos gebaar. 'Nou, de waarheid dan, begrijpt u, zult u de waarheid spreken?'

'Ik zal u zeggen wat ik weet.'

Een halfuur later wordt in alle stilte en in een voorbeeldige orde de rechtszaak voltrokken. De vragen en antwoorden wisselen elkaar op de juiste manier af; de officier van justitie schrijft iets op; de verslaggever versiert met een zakelijk en onverstoorbaar gezicht zijn schrijfblok met enkele ingewikkelde ornamenten. De beschuldigde geeft langdradige en zeer gedetailleerde verklaringen. Zijn handen houdt hij achter zijn rug, hij schommelt lichtjes naar voren en naar achteren en werpt regelmatig blikken op het plafond.

'…Wat betreft de kwitantie van de bij de stadslommerd verpande fiets, dat zit zo. De dertigste maart van vorig jaar was ik langs gegaan bij de fietswinkel van Marglevskij…'

'…Wat betreft mijn zogenaamde drinkgelagen in het eerder genoemde bordeel en wat betreft de bewering dat ik daar een briefje van honderd roebel heb gewisseld, kan ik zeggen dat ik daar maar vier keer ben geweest: de 21e december, de 7e januari, de 25e januari en de eerste februari, en drie keer had mijn kameraad Protasov voor mij betaald. Wat betreft de vierde keer, toen ik zelf betaalde, vraag ik toestemming om de rekening waar ik toen om vroeg aan de rechtbank te tonen, waaruit zal blijken, dat de algehele som van de uitgaven, hier inclusief…'

De lampen branden. Buiten is het donker. Binnen is het een genoeglijk, warm en vrolijk geheel.

# PEETKA OP DE DATSJA

Kapper Osip Abramovitsj trok het vieze laken voor de borst van de klant recht, stopte het met zijn vingers achter diens kraag en riep in een schel staccato:

'Jongen, breng water!'

De klant, die zijn gezicht in de spiegel bestudeerde met de extra aandacht en belangstelling die men alleen bij de kapper aan de dag legt, ontdekte dat er op zijn kin nog een puistje was bijgekomen en wendde zijn blik ontevreden af; deze viel recht op een klein, mager handje dat zich ergens van opzij naar het plankje onder de spiegel uitstrekte en daar een kommetje met heet water neerzette. Toen hij zijn ogen opsloeg, zag hij het merkwaardige, haast scheve spiegelbeeld van de kapper en registreerde hij nog net de snelle en dreigende blik die deze naar beneden richtte, op iemands hoofd, evenals de geluidloze beweging van zijn lippen die een onhoorbaar, maar expressief gefluister voortbrachten.

Als hij niet werd geschoren door de chef zelf, Osip Abramovitsj, maar door een van de ondergeschikten, Prokopi of Michail, dan werd het gefluister luider en nam het de vorm aan van een onbestemd dreigement:

'Wacht maar jij!'

Dat betekende dat het jongetje het water niet snel genoeg had aangegeven en hij nu op straf kon rekenen. 'Zijn verdiende loon,' dacht de klant dan, zijn hoofd opzij draaiend en hij volgde de grote zweterige hand vlakbij zijn neus waarvan drie vingers waren uitgespreid en de andere twee, kleverig en geurend, zijn kin en wang zachtjes beroerden terwijl het nogal botte scheermes met een onaangenaam gerasp het schuim en de stoppelbaard verwijderde.

In deze kapperszaak die vergeven was van irritante vliegen en vuil, en waar de lucht doortrokken was van de opdringerige geur van goedkope parfum, stelden de klanten geen hoge eisen: het waren portiers, winkelbedienden, soms lage ambtenaren en arbeiders, onwaarschijnlijk mooie, maar verdachte jonge mannen met rode wangen, kleine snorretjes en brutale vettige oogjes. Niet ver daarvandaan lag een wijk met huizen van goedkope ontucht. Zij drukten hun stempel op deze buurt waardoor het geheel het speciale karakter had van iets smerigs, wanordelijks en koortsachtigs.

Het jongetje tegen wie het meest werd geschreeuwd, heette Peetka, de allerjongste die bij de zaak in dienst was. Het andere jongetje, Nikolka, was drie jaar ouder en zou al snel ambachtsgezel zijn. Ook nu al, wanneer een wat eenvoudiger klant de zaak binnenkwam en de kappersbedienden bij afwezigheid van de chef te lui waren om te werken, lieten ze het scheren aan Nikolka over en dan lachten ze omdat hij op zijn tenen moest staan om de harige nek van een fors gebouwde huismeester te kunnen zien. Soms maakte de klant zich kwaad over zijn mislukte kapsel en ging hij vreselijk tekeer, dan begonnen ook de kappersbedienden tegen Nikolka te schreeuwen, niet helemaal in ernst, maar alleen om die gekortwiekte sukkel van een klant een plezier te doen. Zulke gevallen waren echter zeldzaam en dus deed Nikolka heel gewichtig en gedroeg zich alsof hij veel ouder was: hij rookte, spuugde tussen zijn tanden door, gebruikte onfatsoenlijke woorden en schepte tegenover Peetka op dat hij wodka dronk, maar dat loog hij waarschijnlijk. Samen met de kappersbedienden rende hij naar een naburige straat om naar een forse kloppartij te kijken en wanneer hij lachend en voldaan daarvan terugkeerde, gaf Osip Abramovitsj hem twee oorvijgen: op elke wang één.

Peetka was tien jaar: hij rookte niet, dronk geen wodka, gebruikte geen schuttingtaal hoewel hij een schat aan vieze woorden kende en om al deze redenen benijdde hij zijn kameraad. Wanneer er geen klanten waren en Prokopi in een donkere hoek achter de scheidingswand was neergeploft omdat hij de nacht ergens had doorgebracht zonder een oog dicht te doen en bij gevolg overdag niet meer op zijn benen kon staan, en wanneer Michail de Gazet van Moskou las en tussen de berichten over diefstal en roofovervallen naar de naam van een vaste klant speurde, dan voerden Peetka en Nikolka gesprekken met elkaar. De laatste werd altijd wat toeschietelijker wanneer ze met zijn tweeën waren en legde het 'jongetje' uit wat een pony precies was, een kuif en een scheiding. Soms gingen ze in de etalage zitten, naast een wassen vrouwebuste met roze wangen, verbaasde ogen en dunne, recht vooruit wijzende wimpers, en dan keken ze naar de boulevard waar het leven al vroeg in de morgen op gang kwam. De bomen op de boulevard, die grijs zagen van het stof, stonden onbeweeglijk onder de hete, genadeloze zon en gaven een al even grijze schaduw die geen verkoeling bracht. Op alle bankjes zaten mannen en vrouwen in ongewassen, buitenissige kleding, zonder hoofddoekjes of hoeden, alsof ze hier woonden en geen ander huis hadden. Hun gezichten vertoonden een onverschillige, boze of liederlijke uitdrukking, maar op iedereen lag het stempel van uitputting en minachting voor de omgeving. Vaak kon men iemands

verwarde hoofd slap op de schouder zien neerhangen,
terwijl het lichaam onwillekeurig ruimte zocht voor de
slaap, zoals bij een passagier in de derde klas die duizend
werst heeft afgelegd zonder een moment rust, maar de
mogelijkheid om je uit te strekken was er niet. Over de
paadjes liep een in donkerblauw geklede agent met een
wapenstok op en neer die er op toe zag dat niemand op
de bankjes volledig onderuitzakte of neerplofte op het
gras dat door de zon een rossige kleur had gekregen en
dat toch zo zacht en verkoelend oogde. De vrouwen, die
altijd iets netter gekleed gingen, modieus bijna, leken allemaal hetzelfde gezicht te hebben en van dezelfde leeftijd
te zijn, hoewel er soms oude besjes tussen zaten of zeer
jonge meisjes, bijna kinderen nog. Ze spraken allemaal
met schorre, schelle stemmen, ze vloekten, omhelsden
mannen alsof ze alleen op de boulevard waren en soms
dronken ze ter plekke wodka. Het gebeurde wel eens dat
een dronken man een al even beschonken vrouw afransel-
de: ze viel, kwam weer overeind en viel opnieuw. Niemand
die het voor haar opnam. Men keek geamuseerd toe, de
gezichten verloren hun verdwaasde uitdrukking en werden levendiger, er verzamelde zich een menigte om de
vechtersbazen heen, maar wanneer de in het donkerblauw
gestoken wijkopzichter er aan kwam, zocht iedereen weer
traag zijn plaats op. Alleen de geslagen vrouw huilde en
ging met haar onzinnige gescheld door. Haar verwarde
haar sleepte door het zand en haar half ontblote lichaam
dat er in het daglicht vuil en geel uitzag, bood een smade-
lijke en meelijwekkende aanblik. Men liet haar dan plaats
nemen op de bodem van een huurrijtuig en bracht haar
weg, haar hoofd bungelend als dat van een dode.

Nikolka kende veel mannen en vrouwen bij naam,
hij vertelde Peetka obscene verhalen over hen en lachte

daarbij zijn scherpe tanden grimmig bloot. Peetka was onder de indruk hoe slim en dapper Nikolka wel niet was en hij hoopte ooit ook zo te zijn. Maar voorlopig wilde hij hier vandaan... En wel dolgraag.

Peetka's leven sleepte zich met een ontstellende eentonigheid voort, de dagen leken op elkaar als eeneiige tweelingbroers, 's winters en 's zomers zag hij steeds dezelfde spiegels waarvan er één een barst vertoonde en de andere krom stond, wat een komisch effect opleverde. Aan de muur hing al jaren hetzelfde schilderij dat twee naakte vrouwen aan de kust moest voorstellen, hun roze lichamen boden alleen een steeds bontere aanblik door de sporen die de muggen er op achterlieten en de zwarte roetvlek boven de plek waar 's winters haast de hele dag een flikkerend kerosinelampje brandde, breidde zich gestaag uit. En 's ochtends en 's avonds achtervolgde Peetka steeds dezelfde kreet: 'Jongen, breng water'. En dat deed hij, de godganse dag lang. Feestdagen waren er niet. Op zondagen, wanneer de straat niet meer door de etalages van de winkels en de kramen werd verlicht, wierp de kapperszaak tot diep in de nacht een heldere streep licht op het wegdek en de voorbijganger kon dan een klein, mager figuurtje voorovergebogen op een stoel in een hoek zien zitten, in gedachten verzonken of misschien wel weggezakt in een soort zware doezeling. Peetka sliep veel, maar om een of andere reden was hij ook de hele tijd slaperig en vaak had hij het idee dat alles, wat zich om hem heen afspeelde, niet werkelijk gebeurde, maar deel uitmaakte van een lange, onplezierige droom. Hij morste vaak met het water of de schelle kreet 'Jongen, breng water' drong niet tot hem door. Hij werd almaar magerder en op zijn hoofd verschenen vieze korsten. Zelfs de klanten, die al gauw tevreden waren, keken met

weerzin naar dat magere, sproetige jongetje dat altijd sla-
perige ogen had, wiens mond altijd open stond en wiens
handen en nek zwart zagen van het vuil. Rond zijn ogen
en onder zijn neus liepen dunne rimpels die wel met een
gloeiende naald leken te zijn aangebracht, waardoor hij
iets weg had van een oude dwerg.

Peetka wist zelf niet of hij zich verveelde of het naar
zijn zin had, maar hij wilde ergens anders naar toe, naar
een andere plaats waarvan hij niet zeggen kon waar deze
zich bevond en hoe het er zou zijn. Wanneer zijn moeder,
de keukenmeid Nadezjda, hem kwam opzoeken, at hij
traag het snoepgoed dat zij had meegebracht, klaagde niet,
maar vroeg alleen of zij hem weg kon halen. Even later
was hij zijn verzoek alweer vergeten en nam hij onverschillig van haar afscheid zonder te vragen wanneer ze
weer zou komen. En Nadezjda bedacht zich verdrietig dat
ze maar één zoon had en dat hij een idioot was.

Leidde hij dit leven al lang of nog maar kort, Peetka
zou het niet kunnen zeggen, maar zie, op een dag, tegen
etenstijd, kwam zijn moeder langs, sprak enige tijd met
Osip Abramovitsj en zei toen dat ze hem, Peetka, moesten laten vertrekken naar een datsja in Tsaritsyno waar
de familie woonde bij wie ze in dienst was. Aanvanke-
lijk begreep Peetka niet waar het om ging. Daarna echter
raakte zijn gezicht bedekt met dunne rimpels die door een
geluidloze lach waren veroorzaakt en hij begon Nadezjda
tot spoed te manen. Deze moest fatsoenshalve nog even
met Osip Abramovitsj blijven praten over de gezondheid
van diens vrouw, maar Peetka duwde haar stilletjes in de
richting van de deur en trok aan haar arm. Hij wist niet
wat een datsja was, maar veronderstelde dat het juist die
plek moest zijn waar hij naar verlangde. En egoïstisch
genoeg vergat hij Nikolka helemaal die er met zijn handen

in zijn zakken bij stond en Nadezjda met zijn gebruikelijke brutaliteit probeerde aan te kijken. Maar in zijn ogen stond in plaats van brutaliteit een intens verdriet te lezen: hij had niet eens een moeder, en op dat moment zou hij zelfs voor zo eentje als de dikke Nadezjda hebben getekend. Hij was nog nooit op een buitenhuisje geweest.

Het station met zijn veelstemmige drukte, het geraas van binnenlopende treinen, de fluitsignalen van de locomotieven, die nu eens vol en boos klonken als de stem van Osip Abramovitsj, dan weer snerpend en dun als de stem van diens zieke vrouw, met zijn gehaaste passagiers die af en aan liepen, dat station doemde voor het eerst voor Peetka's verbijsterde ogen op, en vervulde hem met opwinding en ongeduld. Evenals zijn moeder was hij bang te laat te komen, hoewel ze tot het vertrek van de trein die hen naar de datsja zou brengen nog een goed half uur hadden. En toen ze in de wagon plaats hadden genomen en vertrokken, zat Peetka tegen het vensterglas gedrukt. Alleen zijn gekortwiekte hoofdje draaide op zijn dunne hals rond alsof het op een ijzeren staaf stak.

Hij was geboren en opgegroeid in de stad, en voor het eerst in zijn leven zag hij de vrije natuur waardoor alles verrassend nieuw en vreemd op hem overkwam: je kon zo ver kijken dat een bos wel een grasveld leek, en dan was er nog de hemel in deze nieuwe wereld, zo helder en uitgestrekt, alsof je op een dak stond. Peetka zag de hemel aan zijn eigen kant en toen hij zich naar zijn moeder omdraaide, blauwde diezelfde hemel in het raam er tegenover, terwijl witte, vrolijke wolkjes als engeltjes voorbij dreven. Peetka zat nu eens te draaien bij zijn venster, rende dan weer naar de andere kant van de wagon, legde zijn slecht gewassen handje vol vertrouwen op de schouders en knieën van de passagiers die hier met een glimlach op reageerden. Maar een meneer die een krant zat te lezen en steeds moest gapen van buitensporige vermoeidheid of van verveling, loenste een paar keer vijandig naar het jongetje en Nadezjda haastte zich dan ook om een beetje begrip te vragen:

'Hij gaat voor het eerst met de trein. Het is zó spannend allemaal'.

'Hmmf,' bromde de meneer en dook weer in zijn krant. Nadezjda had hem heel graag verteld dat Peetka reeds drie jaar bij een kapper inwoonde, dat deze had beloofd hem een opleiding te geven en dat dat heel fijn zou zijn want zij was maar een eenzame en zwakke vrouw die in geval van ziekte of ouderdom niet op andere ondersteuning hoefde te rekenen. Maar het gezicht van de meneer stond op onweer en Nadezjda sprak haar gedachten niet uit.

Rechts van de spoorbaan strekte zich een hobbelige vlakte uit die een donker groene kleur had van de permanente nattigheid. Aan de rand ervan lagen grijze huisjes uitgestrooid, zo klein als speelgoed, en op een hoge groene heuvel, aan de voet waarvan een dunne zilveren streep schitterde, stond een witte, niet minder speelgoedachtige kerk. Toen de trein met donderend en ineens nog luider geraas een spoorbrug opvloog en in de lucht leek te hangen boven het spiegelende vlak van een rivier, schrok Peetka zelfs van verrassing en deinsde terug van het venster om er meteen naar terug te keren, bang om ook maar iets van de reis te missen. Peetka's ogen keken al lang niet meer slaperig en ook de rimpels waren verdwenen. Het leek wel of iemand een gloeiend strijkijzer over zijn gezicht had gehaald, de rimpels had glad gestreken en het zó wit en stralend had gemaakt.

De eerste twee dagen van Peetka's verblijf op de datsja werd zijn kleine en schuchtere zieltje overweldigd door de rijkdom en de hevigheid waarmee de nieuwe indrukken van alle kanten op hem afkwamen. In tegenstelling tot de echte wilden van de afgelopen eeuwen die de woeste vlakte voor de stad verruilden en zich daarmee tot een tanend bestaan veroordeelden, voelde deze moderne wilde zich zwak en hulpeloos nu hij uit de stenen omarmingen van de stedelijke massa's was weggeplukt en oog in oog stond met de natuur. Alles was hier vol leven, met gevoel en een eigen wil behept. Hij was bang voor het donkere bos dat een zacht geruis boven zijn hoofd verspreidde, en door zijn onmetelijkheid een geheimzinnige en angstaanjagende indruk achterliet. Zijn hart ging uit naar de stralend groene en vrolijke weides in het bos die met hun heldere bloemen een gezang ten gehore leken te brengen. Peetka wilde ze wel aaien als zusters, de helder blauwe hemel leek hem te roepen en hem toe te lachen als een moeder. Hij was opgewonden, rilde en werd bleek, hij moest ergens om glimlachen en wandelde met statige pas, als een oude man, langs de zoom van het bos en de begroeide oever van een meertje. Daar rolde hij uitgeput en hijgend door het hoge, vochtige gras dat hem bijna helemaal aan het zicht onttrok. Alleen zijn kleine sproeterig neusje stak boven het groene oppervlak uit. De eerste dagen ging hij nog vaak naar zijn moeder en drukte hij zich tegen haar aan, en wanneer de heer des huizes vroeg of hij het naar zijn zin had op de datsja, verscheen er een verward glimlachje op zijn gezicht en antwoordde hij: 'Ja!'.

Daarop ging hij weer naar het dreigende bos en het stille water, en het leek alsof hij hun allerlei vragen stelde.

Toen er nog eens twee dagen verstreken waren, trad Peetka in volledige harmonie met de natuur. Dat gebeurde ook door toedoen van Mietja, een leerling aan het gymnasium van Staroë Tsaritsyno. Mietja had een geel-verbrand gezicht als een tweedeklas wagon en zijn haar, dat op de kruin recht overeind stond, was spierwit, zo was het door de zon verbleekt. Toen Peetka hem voor het eerst zag, stond Mietka net in een meertje te vissen. Zonder veel omhaal knoopte Peetka een gesprek met hem aan en bleek het verbazingwekkend snel met hem te kunnen vinden. Mietka liet zijn nieuwe vriend een hengel vasthouden en nam hem toen mee om een eind verderop te gaan zwemmen. Peetka zag er verschrikkelijk tegen op om het water in te gaan, maar toen hij er eenmaal in was, wilde hij er niet meer uitkomen en deed alsof hij zwom: hij stak zijn neus in de lucht en trok zijn wenkbrauwen op, verslikte zich, voerde een soort zwemslag uit en deed het water hoog opspatten. Op dat moment leek hij sprekend op een jong hondje dat voor het eerst in het water terecht is gekomen. Toen Peetka zich aankleedde, zag hij door de kou zo blauw als een dode en praatte met klapperende tanden. Op voorstel van diezelfde Mietka, die onuitputtelijk was wanneer het om ideeën ging, inspecteerden ze de ruïnes van een kasteel. Ze klommen op het door bomen overwoekerde dak en zwierven te midden van de ingevallen muren van het reusachtige bouwwerk. Daar was het wel bijzonder spannend: overal lagen steenmassa's opgehoopt waar je slechts met veel moeite op kon komen en waar tussen berken en jonge lijsterbes groeiden. Het was er doodstil en je had het gevoel dat er elk moment iemand om de hoek te voorschijn zou kunnen springen, of dat er zich door een half ingezakt schietgat een angstaanjagende tronie zou vertonen. Langzaam maar zeker voelde Peetka zich op de datsja steeds meer thuis en vergat hij helemaal het bestaan van Osip Abramovitsj en de kapperszaak.

'Kijk eens hoe die is aangekomen. Een echte koopman!', zei Nadezjda verheugd, die door de hitte in de keuken zelf zo dik en rood was als een koperen samovar. Zij schreef het toe aan het feit dat ze hem veel te eten gaf. Maar Peetka at weinig, niet omdat hij geen zin had, maar omdat er geen tijd was voor al dat gedoe: als je nou niet hoefde te kauwen en alles meteen kon doorslikken, maar dat moest hij wel doen en intussen zijn benen maar laten bungelen, want Nadezjda at wel duivels langzaam. Ze kloof de botten af, veegde haar mond af aan haar schort en praatte maar over onbelangrijke zaken. En hij had zoveel te doen: hij moest nog vijf keer gaan zwemmen, een hengel uit notenhout snijden, naar wormen graven en dat nam allemaal tijd in beslag. Peetka rende nu op blote voeten rond en dat was duizend keer fijner dan met laarzen aan met dikke zolen: de ruwe aarde zorgde nu eens voor een prettig brandend gevoel, en schonk zijn voeten dan weer verkoeling. Zijn afgedragen gymnasiastenjasje, dat hem het aanzien gaf van een gearriveerd lid van het kappersgilde, deed hij ook uit en ineens oogde hij verrassend veel jonger. Hij droeg het jasje alleen nog 's avonds wanneer hij naar de dam ging om te kijken hoe de dames en de heren uit roeien gingen: netjes aangekleed en in opperbeste stemming namen ze lachend in een schommelend bootje plaats dat langzaam over het rustige water voer, waardoor de erin weerspiegelde bomen trilden alsof er een briesje doorheen ging.

Aan het einde van de week bracht meneer een brief uit de stad mee, gericht aan de 'keukenmijd Nadezjda', en toen hij hem aan de geadresseerde voorlas, begon deze te snikken en smeerde ze het roet op haar schort over haar hele gezicht uit. Uit de hortende woorden, die ze ondertussen uitbracht, viel op te maken dat het om Peetka ging. Het liep al tegen de avond. Peetka was op de binnenplaats achter het huis in zijn eentje aan het hinkelen en

blies daarbij zijn wangen vol lucht omdat dat het springen aanzienlijk vergemakkelijkte. De gymnasiumleerling
had hem dit domme, maar toch ook interessante spelletje
geleerd en nu zette Peetka als een echte sportman in zijn
eentje de puntjes op de i. Meneer kwam naar buiten, legde
zijn hand op Peetka's schouder en zei:

'Nou, vent. Je moet weer gaan!'

Peetka glimlachte verward en zweeg.

'Wat is het toch een rare,' dacht de meneer.

'Je moet gaan, vent!'

Peetka bleef glimlachen. Nadezjda kwam nu aangelopen en bevestigde met tranen in haar stem:

'Ja, lieverd, we moeten gaan!'

'Waarheen?' vroeg Peetka verbaasd.

Hij was de stad vergeten en die andere plaats, waar hij
altijd naar toe had gewild, had hij nu gevonden.

'Naar Osip Abramovitsj.'

Peetka begreep het maar niet, hoewel de zaak toch zo
klaar als een klontje was. Zijn mond was droog geworden
en zijn tong bewoog zich moeizaam toen hij vroeg:

'Maar hoe zit het dan met het vissen morgen? Kijk,
hier is mijn hengel...'

'Niks aan te doen! Osip Abramovitsj staat er op. Hij
zegt dat Prokopi ziek is geworden. Ze hebben hem naar
het ziekenhuis moeten brengen. Er is niemand om hem
te helpen, zegt-ie. Huil maar niet. Voor je het weet mag je
weer. Osip Abramovitsj is geen kwaaie.'

Het kwam niet eens in Peetka op om te gaan huilen.
Hij begreep het nog steeds niets. Aan de ene kant was er
een feit: de hengel. Aan de andere kant een schim: Osip
Abramovitsj. Maar langzaam aan werden Peetka's gedachten helderder en vond er een merkwaardige verschuiving
plaats: Osip Abramovitsj werd een feit en de hengel, die

nog niet eens droog was, veranderde in een schim. En toen deed Peetka zijn moeder versteld staan, hij bracht meneer en mevrouw in een moeilijk parket en hij zou zich over zichzelf hebben verbaasd, als hij tot zelf-analyse in staat was geweest: hij barstte niet gewoon in tranen uit, zoals magere en afgematte stadskinderen dat doen, maar zette een keel op waar de grootste brulaap jaloers op zou kunnen worden en hij begon over de grond te rollen, net als de dronken vrouwen op de boulevard. Zijn magere handje balde zich tot een vuist dat op zijn moeders arm sloeg, op de grond, op alles wat het maar raken kon en hoewel het zich aan de scherpe steentjes en zandkorrels bezeerde, leek het de pijn juist nog te willen verhogen.

Peetka kwam op tijd weer tot bedaren en meneer zei tegen mevrouw die voor de spiegel stond en een witte roos in haar haar stak:

'Zie je, hij is al opgehouden. Kinderverdriet duurt maar kort.'

'En toch heb ik zo met dat arme jongetje te doen.'

'Ja, ze leven   in verschrikkelijke omstandigheden, maar er zijn mensen die het nog slechter hebben. Ben je klaar?'

En ze gingen naar de tuin van Dipman waar die avond zou worden gedanst en waar al militaire muziek klonk.

De volgende ochtend was Peetka al met de trein van zeven uur op weg naar Moskou. Weer schoten de groene velden voorbij, die nu grijs zagen van de nachtelijke dauw, maar dit maal snelden ze in tegenovergestelde richting. Het versleten gymnasiumjasje omsloot nu weer zijn magere lichaam en uit de halsopening stak de punt van zijn papieren kraagje. Peetka zat niet onrustig te draaien en keek nauwelijks uit het raam, hij zat er stil en schuchter bij, zijn handjes braaf gevouwen in zijn schoot. Zijn blik stond slaperig en apathisch, de dunne oudemannenrimpels rond zijn ogen en zijn neus waren weer terug. Daar werden door het venster de pilaren en de overkapping van het perron al zichtbaar en de trein stopte.

Heen en weer geduwd tussen de gehaaste passagiers, bereikten ze de rumoerige straat en daar slokte de enorme, gulzige stad haar kleine slachtoffer op.

'Stop de hengel weg!', zei Peetka, toen zijn moeder hem tot aan de drempel van de kapperszaak had gebracht.

'Goed, jongen. Misschien ga je nog wel een keer.'

Opnieuw klonk in de vieze, benauwde kapperszaak het afgeknepen 'Jongen, breng water" en zag de klant hoe een klein vies handje zich naar het plankje onder de spiegel uitstrekte en hoorde hij een onbestemd dreigend gefluister: 'Wacht maar jij!'. Dat betekende dat het slaapdronken jongetje water had gemorst of de bevelen door elkaar had gehaald. En 's nachts klonk op de plaats waar Nikolka en Peetka naast elkaar sliepen, een opgewonden zacht stemmetje dat vertelde over een datsja, en zaken die helemaal niet bestaan, die nog nooit iemand had gezien of waar nog nooit iemand van had gehoord. In het zwijgen dat toen intrad, klonk de onregelmatige ademhaling van kinderborstkasten en een andere stem, krachtig, grof en verre van kinderlijk, zei:

'Verdomme. De kolere kunnen ze krijgen!'

'Wie bedoel je?'

'Gewoon... allemaal.'

Een stoet rijtuigen kwam langs en overstemde met machtig gedender de jongensstemmen en de verre klagende schreeuw die al geruime tijd vanaf de boulevard doordrong: daar ranselde een dronken man een al even beschonken vrouw af.

# GROOT SLEM

Drie keer per week speelden ze whist: dinsdag, donderdag
en zaterdag. De zondag zou zeer geschikt zijn geweest,
maar die moest worden vrijgehouden voor allerlei
onvoorziene gebeurtenissen: buitenstaanders die langs-
kwamen, theaterbezoek, en daarom werd de zondag als de
saaiste dag in de week beschouwd. Overigens speelden ze
in de zomer, op de datsja, ook op zondag. De teams waren
als volgt samengesteld: de dikke en onstuimige Maslennikov speelde met Jakov Ivanovitsj samen, en Jevpraksija
Vasiljevna met haar zwaarmoedige broer Prokopi Vasiljevitsj. Deze samenstelling was reeds lang geleden tot stand
gekomen en het was Jevpraksija Vasiljevna geweest die
er op had gestaan. Het was namelijk zo dat zij en haar
broer er geen enkel belang bij hadden om tegen elkaar
te spelen, omdat dan winst voor de een verlies voor de
ander zou betekenen en ze dus uiteindelijk niet wonnen
en niet verloren. En hoewel het spel in financieel opzicht
weinig om het lijf had en Jevpraksija Vasiljevna en haar
broer geen geldgebrek kenden, zag ze het genoegen van
een spel om het spel niet in en was ze blij wanneer ze won.
De winst bewaarde ze in een spaarpot en dit geld leek
haar veel belangrijker en kostbaarder dan de aanzienlijke
bedragen die ze kwijt was aan haar dure appartement en
haar levensonderhoud. Voor het spel kwamen ze bij Prokopi Vasiljevitsj samen omdat het zeer ruime appartement
slechts door hemzelf en zijn zuster werd bewoond (er was

nog een witte kat, maar die lag altijd in een stoel te slapen) en er in de vertrekken dus de noodzakelijke rust heerste. De broer van Jevpraksija Vasiljevna was weduwnaar; in het tweede jaar van zijn huwelijk had hij zijn echtgenote verloren waarna hij twee volle maanden in een psychiatrische inrichting had doorgebracht. Zelf was Jevpraksija Vasiljevna niet getrouwd, alhoewel ze ooit eens een romance met een student had gehad. Niemand wist (en zelf scheen ze het ook te zijn vergeten) waarom het nooit tot een huwelijk met die student was gekomen, maar elk jaar, wanneer de gebruikelijke oproep ter ondersteuning van behoeftige studenten werd gedaan, stuurde ze het comité een keurig opgevouwen biljet van honderd roebel 'van een onbekende'. Met haar drieënveertig jaar was ze de jongste van de spelers.

In het begin, toen de indeling in partijen net was bepaald, was de oudste van de spelers, Maslennikov, hier bijzonder ontevreden mee. Hij was verontwaardigd dat hij steeds opgescheept zou zitten met Jakov Ivanovitsj, met andere woorden, dat hij zijn droom moest opgeven ooit een groot slem sans atout te maken. De partners pasten überhaupt niet bij elkaar. Jakov Ivanovitsj was een klein en dor oud mannetje, zwijgzaam en streng, dat 's zomers en 's winters gewatteerde jassen en broeken droeg. Hij kwam altijd precies om acht uur, geen minuut eerder of later, en greep dan met zijn dorre vingers direct naar lei en krijt. Aan een van die vingers droeg hij een zegelring met een grote briljant die makkelijk heen en weer schoof. Maar het aller vreselijkste aan deze partner was voor Maslennikov wel het feit dat deze nooit meer dan vier van een speelsoort bood, ook niet wanneer hij de kaarten had om zonder problemen een hogere score binnen te halen. Het gebeurde een keer dat Jakov

Ivanovitsj uitkwam met een twee, aan slag bleef tot de aas aan toe en zo alle dertien slagen maakte. Maslennikov gooide van woede zijn kaarten op tafel, maar het oude grijze mannetje raapte ze bedaard bij elkaar en noteerde de score van vier.

'Maar waarom hebt U dan geen groot slem sans atout gespeeld?' riep Nikolaj Dmitrijevitsj uit (dat waren Maslenikovs voor- en vadersnaam).

'Ik speel nooit meer dan vier,' antwoordde het oude mannetje droog en voegde er op belerende toon aan toe: 'je weet nooit wat er nog kan gebeuren'.

Nikolaj Dmitrijevitsj slaagde er maar niet in hem op andere gedachten te brengen. Zelf nam hij altijd risico's en omdat hij meestal slechte kaarten kreeg, verloor hij voortdurend. Toch gaf hij de moed niet op en meende hij zijn verlies in de volgende partij wel weer goed te kunnen maken. Geleidelijk raakten ze aan deze situatie gewend en lieten elkaar met rust. Nikolaj Dmitrijevitsj nam risico, terwijl de oude man het verlies rustig noteerde en nooit meer dan vier bood.

Zo speelden ze in de zomer en in de winter, in de lente en in de herfst. Gelaten droeg de afgesloofde wereld het zware juk van haar eindeloze bestaan, kleurde nu eens rood van het bloed, baadde dan weer in tranen en gaf met het gesteun van de zieken, de hongerigen en de vernederden stem aan haar baan door de ruimte. De zwakke echo's van dit woelige en vreemde leven drongen via Nikolaj Dmitrijevitsj tot de anderen door. Hij was soms te laat, en kwam dan binnen wanneer iedereen al aan het uitgeklapte tafeltje zat en de kaarten in een roze waaier tegen het groene oppervlak afstaken. Nikolaj Dmitrijevitsj nam met rode wangen en geurend naar de frisse buitenlucht snel zijn plaats in, verontschuldigde zich en zei dan:

'Er wordt wat afgeflaneerd op de boulevard. Dat loopt maar en loopt maar...'

Gastvrouw Jevpraksija Vasiljevna zag het als haar plicht om geen aandacht te schenken aan de eigenaardigheden van haar gasten. Daarom antwoordde ze, terwijl het oude mannetje zwijgend en streng het krijtje opnam en ze haar broer thee liet serveren:

'Dat is heel goed mogelijk. Het is mooi weer. Maar zouden we niet eens beginnen?'

En dan begonnen ze. In het hoge vertrek, waarin het geluid door het zachte meubilair en de portières werd gedempt, viel een doffe stilte. Het kamermeisje dat zich geruisloos over het wollige tapijt bewoog, bracht glazen sterke thee rond en men hoorde alleen het geritsel van haar gesteven rok, het gepiep van het krijtje en het gezucht van Nikolaj Dmitrijevitsj die weer heel wat strafpunten te incasseren kreeg. Voor hem werd speciaal een soort waterige thee geschonken en een apart tafeltje bijgezet want hij hield er van om van een schoteltje te drinken en altijd in combinatie met toffees.

's Winters deelde Nikolaj Dmitrijevitsj mee dat het overdag tien graden had gevroren en dat het kwik nu al tot min twintig was gezakt, en 's zomers zei hij :

'Er is net een heel gezelschap het bos ingegaan. Ze hadden mandjes bij zich.'

Jevpraksija Vasiljevna keek beleefd naar de hemel ('s zomers speelden ze op het terras) en hoewel de hemel helder was en de toppen van de sparren goudgeel werden verlicht, merkte ze op:

'Als het maar niet gaat regenen.'

Maar de oude Jakov Ivanovitsj verdeelde streng de kaarten en zei tegen zichzelf, terwijl hij de harten twee draaide, dat Nikolaj Dmitrijevitsj een lichtzinnig en onverbeterlijk mens was. Er was een periode dat de kaarters zich grote zorgen om Maslennikov maakten. Elke keer als hij kwam, zei hij wel iets over Dreyfus. Hij zette dan een droevig gezicht en deelde mee:

'Het ziet er niet best uit voor onze Dreyfus.'

Een andere keer lachte hij en zei op opgewekte toon dat het onrechtvaardige vonnis waarschijnlijk nietig zou worden verklaard. Daarna begon hij kranten mee te brengen en passages voor te lezen waarin het steeds ging over die Dreyfus.

'Dat hebben we al gelezen,' zei Jakov Ivanovitsj droogjes, maar zijn partner luisterde niet naar hem en las voor wat hem zo belangrijk en interessant leek. Op deze manier had hij de anderen eens in een discussie betrokken die bijna in een ruzie was ontaard, omdat Jevpraksija Vasiljevna de rechtmatigheid van de procedure niet wilde erkennen en eiste dat men Dreyfus meteen zou vrijlaten, terwijl Jakov Ivanovitsj en haar broer er op stonden dat men eerst enkele formaliteiten in acht zou nemen en hem pas daarna in vrijheid kon stellen. Als eerste kwam Jakov Ivanovitsj tot bezinning en hij zei, wijzend op de tafel:

'Wordt het niet eens tijd?'

Ze namen plaats en het spel begon, en wat Nikolaj Dmitrijevitsj ook over Dreyfus zei, de anderen deden er het zwijgen toe.

Zo speelden ze in de zomer en in de winter, in de lente en in de herfst. Gebeurtenissen deden zich soms wel voor, maar die hadden dan meestal een komisch karakter. Met de broer van Jevpraksija Vasiljevna leek af en toe iets aan de hand te zijn; hij wist zich niet meer te herinneren wat de andere spelers over zijn kaarten hadden gezegd en wanneer hij makkelijk een contract van vijf had kunnen maken, ging hij wel vier down. In zulke gevallen schaterde

Nikolaj Dmitrijevitsj het uit en stelde het verlies dramatischer voor dan het werkelijk was. De oude Jakov Ivanovitsj echter glimlachte en zei:

'U had vier moeten bieden. Dan had u uw contract gemaakt.'

Een bijzondere opwinding maakte zich van alle spelers meester, wanneer Jevpraksija Vasiljevna een hoog bod deed en zij het spel moest maken. Ze begon te blozen, raakte in de war, wist niet welke kaart ze moest spelen en keek smekend naar haar zwijgzame broer. Met een ridderlijk begrip voor haar hulpeloosheid en haar positie als vrouw, moedigden de twee andere spelers haar via minzame glimlachjes aan en wachtten geduldig af. Maar over het algemeen nam men het spel serieus en was men vol concentratie. In de ogen der spelers waren de kaarten de betekenis van onbezielde materie reeds lang ontstegen, elke kleur, en van elke kleur weer elke kaart afzonderlijk, was strikt individueel en leidde een geheel eigen leven. Er waren geliefde en ongeliefde, gelukkige en niet gelukkige kleuren. De kaarten lieten zich in een eindeloze variatie combineren en deze gevarieerdheid, die zich niet liet analyseren, had tegelijkertijd iets wetmatigs. En in deze wetmatigheid nu lag het leven der kaarten besloten, een bijzonder leven dat apart stond van de mensen die met ze speelden. Die wilden iets van de kaarten, probeerden iets van ze gedaan te krijgen, maar de kaarten gingen hun eigen gang alsof ze een eigen wil hadden, een eigen smaak, hun eigen voorkeuren en grillen. Zo kwamen de harten bijzonder vaak bij Jakov Ivanovitsj terecht en had Jevpraksija Vasiljevna constant een hand vol schoppen, hoewel ze die niet kon uitstaan. Het gebeurde wel dat de kaarten zich van hun wispelturige kant lieten zien en Jakov Ivanovitsj niet wist waar hij zijn schoppen moest laten, terwijl Jevpraksija Vasiljevna haar geluk niet op kon over zoveel harten, een hoog contract aanging en verloor. En dan leek het wel of de kaarten lachten. Nikolaj Dmitrijevitsj kreeg van alle kleuren even veel en niet een bleef er voor lang. De kaarten leken op hotelgasten die komen en gaan, onverschillig tegenover de plaats waar ze enkele dagen moeten verblijven. Soms kreeg hij enkele avonden achtereen alleen tweeën en drieën die er bovendien spottend uitzagen. Nikolaj Dmitrijevitsj was er zeker van dat hij geen groot slem zou kunnen maken, omdat de kaarten zijn wens kenden en hem expres ontweken met de bedoeling hem het bloed onder de nagels vandaan te halen. Hij deed dan alsof het hem koud liet wat voor spel hem wachtte en probeerde niet meteen van de stok te pakken. Heel af en toe lukte het hem de kaarten op deze manier voor de gek te houden, maar meestal hadden ze hem door en als hij van de stok nam, zag hij drie zessen grijnzen en de zure glimlach van de schoppenheer die ze als gezelschap hadden meegetroond.

Jevpraksija Vasiljevna doorgrondde het geheimzinnige wezen der kaarten wel het minste van allen. De oude Jakov Ivanovitsj had lang geleden al een filosofische kijk op het spel ontwikkeld, hij verbaasde zich nergens over en werd niet kwaad, want met zijn vier troef had hij zich goed tegen het lot gewapend. Alleen Nikolaj Dmitrijevitsj kon zich maar niet verzoenen met het wispelturig karakter van de kaarten, met hun spotzucht en hun onbestendigheid. Als hij ging slapen, dacht hij aan het groot slem sans atout dat hij zou spelen en dat kwam hem dan zo reëel en eenvoudig voor: eerst krijgt hij een aas, daarop volgt een heer, daarna weer een aas. Maar wanneer hij dan, vervuld van hoop, weer achter de speeltafel plaats nam, lachten die vervloekte zessen hun brede witte tanden weer bloot. Daar zat iets noodlottigs in, iets kwaadaardigs. En langzamerhand groeide het groot slem sans atout uit tot Nikolaj Dmitrijevitsj' grootste verlangen, ja, tot een droom.

Naast het kaartspel deden zich nog andere gebeurtenissen voor. De grote witte kat van Jevpraksija Vasiljevna ging dood van ouderdom en werd met toestemming van de huiseigenaar onder de linde in de tuin begraven. Daarna verdween Nikolaj Dmitrijevitsj om maar liefst twee weken zoek te blijven en zijn medespelers wisten niet wat ze er van moesten denken of wat ze moesten doen, want whist met zijn drieën brak met alle gewoontes die door de jaren tot stand waren gekomen, en leek hun maar een saai spel. De kaarten schenen dit ook te beseffen en kwamen in ongebruikelijke configuraties op tafel. Toen Nikolaj Dmitrijevitsj eindelijk boven water kwam, hadden zijn eens roze wangen, die vroeger zo duidelijk hadden afgestoken bij zijn grijze dikke haar, hun kleur verloren en zelf leek hij kleiner geworden, nietiger. Hij vertelde dat zijn oudste zoon voor het een of ander was gearresteerd en naar Petersburg gestuurd. Daar hoorden ze allemaal van op, want ze wisten niet dat Maslennikov een zoon had. Misschien dat hij het ooit eens had gezegd, maar iedereen was het weer vergeten. Kort hierop bleef hij nog een keer weg en, als deed hij het er om, juist op zaterdag, wanneer het spel meestal langer dan gewoon duurde. Ze ervoeren opnieuw tot hun verbazing dat hij al lang aan angina pectoris leed en dat hij op die zaterdag een zware aanval had gehad. Maar daarna ging alles weer zijn gewone gangetje en het spel werd er zelfs serieuzer en interessanter op omdat Nikolaj Dmitrijevitsj nu minder gauw verstrooiing zocht in gesprekken die niet ter zake deden. Alleen de gesteven rok van het kamermeisje ruiste, terwijl de satijnen kaarten onhoorbaar uit de handen der spelers gleden en hun eigen leven leidden, los van het leven der mensen die ze hanteerden. Tegenover Nikolaj Dmitrijevitsj stonden ze nog even onverschillig als voorheen, soms dreven ze de spot met hem, en daarin school iets noodlottigs, iets fataals.

Maar op donderdag 26 november gebeurde er iets vreemds met de kaarten. Meteen aan het begin van het spel al had Nikolaj Dmitrijevitsj een schitterende hand en hij maakte geen vijf troef, zoals hij had geboden, maar klein slem, omdat Jakov Ivanovitsj een extra aas bleek te hebben die hij niet had willen laten zien. Daarna kreeg hij weer enige tijd zesjes in handen, maar die verdwenen al snel en toen begonnen de poppen te komen waarbij ze netjes op hun beurt wachtten, alsof ze allemaal wilden zien hoe blij Nikolaj Dmitrijevitsj wel niet was. Keer op keer maakte hij de geboden slagen, en iedereen was verrast, zelfs de bedaarde Jakov Ivanovitsj. De opwinding van Nikolaj Dmitrijevitsj, wiens mollige vingers met kuiltjes rond de gewrichten vochtig waren van het zweet en de kaarten bijna niet konden vasthouden, werkte aanstekelijk op de andere spelers.

'Het zit u wel mee vandaag,' zei de broer van Jevpraksija Vasiljevna zwaarmoedig die nergens zo bang voor was als voor een al te groot geluk waarop een niet minder groot ongeluk moest volgen. Jevpraksija Vasiljevna was blij voor Nikolaj Dmitrijevitsj dat deze nu eindelijk goede kaarten kreeg en als reactie op de woorden van haar broer klopte ze op de tafel om het ongeluk af te wenden:

'Afkloppen maar. Er is niks aan de hand. De kaarten komen en blijven komen. God geve dat dat zo blijft.'

De kaarten leken een ogenblik te weifelen, alsof ze nog niet wisten wat ze zouden gaan doen. Er doken een paar verbijsterde tweeën op en opnieuw, nu in een nog hoger tempo, verschenen de azen, de heren en de dames. Nikolaj Dmitrijevitsj kwam tijd te kort om zijn kaarten op te pakken en zijn bod uit te brengen. Twee keer had hij al fout gedeeld, zodat hij het opnieuw moest doen. Hij maakte elk contract, alhoewel Jakov Ivanovitsj koppig over zijn azen bleef zwijgen; zijn verbazing had plaats gemaakt voor wantrouwen over het feit dat de kansen zo plotseling waren gekeerd en hij herhaalde nogmaals zijn onveranderlijke beslissing: nooit meer dan vier te spelen. Nikolaj Dmitrijevitsj maakte zich kwaad over hem, liep rood aan en begon te hijgen. Hij overlegde al niet meer met zichzelf welke kaart hij zou spelen en sloot dapper hoge contracten af, overtuigd dat hij in de stok zou vinden wat hij nodig had. Toen de sombere Prokopi Vasiljevitsj had gedeeld en Maslennikov in zijn kaarten keek, voelde hij een steek in zijn borstkast en zijn hart zonk in zijn schoenen; voor zijn ogen werd het zo donker dat hij begon te wankelen. In zijn handen had hij twaalf slagen. Als hij de schoppenaas zou trekken, kon hij een groot slem sans atout maken.

'Twee sans,' begon hij, met moeite zijn stem beheersend.

'Drie schoppen,' antwoordde Jevpraksija Vasiljevna die niet minder opgewonden was: ze had haast alle schoppen vanaf de koning.

'Vier harten,' reageerde Jakov Ivanovitsj droogjes.

Nikolaj Dmitrijevitsj verhoogde zijn bod meteen tot klein slem, maar de verhitte Jevpraksija Vasiljevna wilde niet voor hem onderdoen en, alhoewel ze wist dat ze het contract nooit zou kunnen maken, bood ze een groot slem schoppen. Nikolaj Dmitrijevitsj aarzelde een ogenblik en zei toen langzaam en met een zekere triomfantelijkheid waarin toch ook angst doorklonk:

'Groot slem sans atout!'

Nikolaj Dmitrijevitsj speelt groot slem sans atout! Iedereen stond perplex en de broer des huizes riep zelfs met kwakende stem:

'Nee maar!'

Nikolaj Dmitrijevitsj strekte zijn hand uit om een kaart te pakken, maar begon ineens te wankelen en gooide een kaars om. Jevpraksija Vasiljevna kon de kaars nog net opvangen, maar Nikolaj Dmitrijevitsj zat een ogenblik recht en onbeweeglijk op zijn plaats, legde zijn kaarten op tafel neer, maakte hierop een maaiende beweging met zijn armen en begon vervolgens langzaam over te hellen naar links. In zijn val gooide hij het tafeltje om waarop het schoteltje met de ingeschonken thee stond waarvan hij het porseleinen voetje onder zijn lichaam verbrijzelde.

Toen de dokter was gearriveerd, stelde hij vast dat Nikolaj Dmitrijevitsj aan een hartverlamming was overleden en aan de levenden legde hij bij wijze van troost uit dat zo'n dood bijna pijnloos is. Ze legden de overledene op de ottomane in dezelfde kamer waar ze hadden gespeeld en waar hij, afgedekt met een laken, groot, ja zelfs reusachtig leek. Een voet, waarvan de punt naar binnen was gedraaid, bleef onbedekt en leek niet bij de rest te horen, alsof hij bij een ander mens was weggehaald. Aan de profielzool van zijn zwarte en nog geheel nieuwe laars kleefde het papiertje van een toffee. De kaarttafel was nog niet opgeruimd, de inderhaast neergegooide en open liggende kaarten van de andere spelers lagen door elkaar, kaarten van Nikolaj Dmitrijevitsj lagen keurig op een stapeltje, precies zoals hij ze had neergelegd.

Jakov Ivanovitsj liep met kleine en onzekere pasjes door de kamer, terwijl hij probeerde niet naar de dode te kijken en op het vloerkleed te blijven, omdat zijn hoge hakken op het gewreven parket een schel getik veroorzaakten. Toen hij enkele keren langs de tafel was gelopen bleef hij staan en pakte voorzichtig de kaarten van Nikolaj Dmitrijevitsj op, bekeek ze, vouwde ze weer tot een stapeltje samen en legde ze terug. Daarna bekeek hij de kaarten van de stok: daar lag de schoppenaas die Nikolaj Dmitrijevitsj juist nodig had gehad voor zijn groot slem. Weer liep Jakov Ivanovitsj enige tijd op en neer, ging toen naar de naburige kamer, knoopte zijn gewatteerde jas nog wat steviger dicht en barstte in tranen uit, want hij had te doen met de dode. Hij sloot zijn ogen en probeerde Nikolaj Dmitrijevitsj' gezicht voor de geest te halen, zoals het placht te staan als hij won en moest lachen. Nog treuriger was de herinnering aan Nikolaj Dmitrijevitsj' lichtzinnigheid en diens wens een groot slem sans atout te maken. In zijn geheugen doorliep Jakov Ivanovitsj nog eens de hele avond die was begonnen met het contract van vijf ruiten dat de dode had gemaakt en die was geëindigd met de onafgebroken stroom schitterende kaarten waarin iets angstaanjagends voelbaar was. En nu was Nikolaj Dmitrijevitsj dood: dood nu hij eindelijk een groot slem had kunnen maken. En een gedachte, ijzingwekkend in haar eenvoud, deed het magere lichaam van Jakov Ivanovitsj sidderen en hem opspringen uit zijn stoel. Hij keek om zich heen, alsof deze gedachte niet uit zichzelf in hem was opgekomen, maar iemand hem in zijn oor had gefluisterd en hij sprak op luide toon:

'Maar hij zal immers nooit weten dat hij een groot slem in handen had. Nooit!'

En het kwam Jakov Ivanovitsj voor dat hij tot dan toe niet had begrepen wat de dood werkelijk inhield; nu echter begreep hij het en dat wat hij nu inzag was zo zinloos, vreselijk en onherstelbaar. Nooit zou hij het te weten komen! Al schreeuwde Jakov Ivanovitsj het in zijn oor, al zou hij huilen en de kaarten laten zien, dan nog zou Nikolaj Dmitrijevitsj het niet horen en er nooit achter komen, want er was helemaal geen Nikolaj Dmitrievitsj meer. Één beweging nog maar, één seconde langer leven en Nikolaj Dmitrievitsj zou de aas hebben gezien en hebben geweten dat hij een groot slem kon maken. Maar nu was alles afgelopen, hij wist het niet en zou het ook nooit te weten komen.

'Nooit!', sprak Jakov Ivanovitsj langzaam en nadrukkelijk om zich ervan te overtuigen dat er een dergelijk woord bestond en betekenis had.

Een dergelijk woord bestond inderdaad en had betekenis, maar dit was zo monsterlijk en bitter dat Jakov Ivanovitsj weer in een stoel neerviel uit medelijden met de man die het nooit te weten zou komen, uit medelijden met zichzelf, met iedereen, omdat dit angstaanjagend en ongerijmd wrede lot ook hem en uiteindelijk iedereen wachtte. Huilend speelde hij voor Nikolaj Dmitrievitsj diens kaarten uit en pakte de ene slag na de andere tot hij ze alle dertien had. Hij moest denken aan de uitzonderlijk hoge score die ze zouden hebben moeten noteren en aan Nikolaj Dmitrievitsj die het nooit te weten zou komen. Het was de eerste en de laatste keer dat Jakov Ivanovitsj van zijn vaste vier afweek en in naam van de vriendschap maakte hij het grote slem sans atout.

'Bent U daar, Jakov Ivanovitsj?' sprak Jevpraksija Vasiljevna die de kamer was binnengekomen. Ze liet zich op een stoel zakken en barstte in tranen uit. 'Wat vreselijk, wat vreselijk! Geen van beiden keken ze naar elkaar en lieten zwijgend hun tranen de vrije loop. Beiden voelden dat er een dode op de divan in de naburige kamer lag, koud, werkelijk en stom.

'Hebt U iemand gestuurd om het te zeggen?', vroeg Jakov Ivanovitsj die met een razend geproest zijn neus snoot.

'Ja, mijn broer is er op uit met Annoesjka. Maar hoe ze zijn huis moeten vinden… we weten het adres toch niet.'

'Nee, hij is verhuisd. Annoesjka zegt dat hij altijd een koets nam in de richting van de Novinski boulevard.'

'Ze komen er wel achter via de politie,'stelde het oude mannetje haar gerust. 'Hij heeft toch een vrouw nietwaar?'

Jevpraksija Vasiljevna keek Jakov Ivanovitsj peinzend aan en antwoordde niet. Hij meende in haar ogen dezelfde gedachte te lezen die bij hem was opgekomen. Hij snoot nog een keer zijn neus, verborg zijn zakdoek in zijn gewatteerde jas en vroeg met rode ogen en vragend opgetrokkken wenkbrauwen:

'Hoe komen we nu aan een vierde speler?'

Maar Jevpraksija Vasiljevna hoorde hem niet, in beslag genomen door gedachten van huishoudelijke aard. Na een kort zwijgen vroeg ze:

'En U, Jakov Ivanovitsj, zit U nog steeds in hetzelfde appartement?'

# IVAN IVANOVITSJ

## I

Ivan Ivanovitsj droeg een gloednieuwe jas van voortref-
felijk grijs laken waar een zacht zilveren glans doorheen
speelde. Men had hem aangeraden om deze kleur niet
te nemen, omdat elk spatje modder er zich zo duidelijk
op aftekende en het überhaupt niet praktisch was, maar
hij was een jonge vent en wilde graag goed voor de dag
komen. En daar was hij in geslaagd. Zijn hart liep over
van vreugde en trots. En als hij zich niet kon verbeelden
generaal of garde-officier te zijn, dan voelde hij zich in
ieder geval de beste van alle wijkopzichter in Moskou en
misschien zelfs nog wel van een aantal andere steden.
Twee passen achter Ivan Ivanovitsj liepen drie agenten
in lange zwarte jassen met capuchons en geweren. Hoe
ze die moesten vasthouden wisten ze niet. De geweren
hinderden bij het lopen en joegen de agenten zelf angst
aan. Hun gezichten stonden dan ook somber en ontevreden, ze deden maar kleine pasjes alsof ze zuinig waren
op de ruimte en er zoveel mogelijk achter zich van wilde
bewaren. Ze waren benauwd voor de burgerwachten.
Maar Ivan Ivanovitsj was niet bang en liep monter voort
waarbij hij zelfs een beetje met zijn heupen wiegde. In
de stad waren ze al aan het schieten, maar in hun wijk
was het rustig en alleen hier en daar werd nog een late
barricade voltooid. En hij droeg zijn nieuwe jas.

Om de hoek verscheen plotseling een hoofd, het volgende ogenblik was het weer verdwenen. Meteen hierop stroomde een zwarte menigte de straat op en uit het midden daarvan loste iemand een schot recht op Ivan Ivanovitsj, alsof de hele massa één korte kreet uitstootte. De agenten zetten het op een lopen en ook Ivan Ivanovitsj draaide zich om om weg te rennen, maar achter hem werd geroepen:

'Sta of we schieten!'

Zijn benen werden gevoelloos van angst, begonnen te beven en hij bleef staan. Het enige dat hij nog voelde was zijn onbeweeglijke, grijze rug die zo breed was als een schutting waaraan niet één kogel voorbij zou vliegen. Omdraaien kon hij zich niet en zo, met zijn rug naar hen toe, wachtte hij op de burgerwachten die hem bij zijn schouders en zijn armen vastgrepen, ja, zelfs bij zijn kraag. Ze draaiden hem om.

'Je naam?' vroeg er een. In zijn hand had hij een revolver.

'Kameraden!' zei Ivan Ivanovitsj.

'Ho, ho!' riep iemand dreigend.

'Burgers', verbeterde Ivan Ivanovitsj zichzelf. Sommigen begonnen te lachen, maar de man die net zo bars had geschreeuwd, zei nu op niet minder ruwe toon:

'Sla hem op zijn bek, dan liegt-ie niet. Die idioot!'

Ivan Ivanovitsj kneep zijn ogen dicht, maar hij werd niet geslagen en opnieuw vroegen ze hem naar zijn naam.

'Avdejev', loog hij.

De burgerwachten keken elkaar aan: daar hadden ze nog nooit van gehoord. Een volslagen onbekende. Ze fouilleerden hem, maar ze konden niets vinden in zijn nieuwe, schone zakken, geen papieren, geen brieven. In één zak vonden ze een kam en een spiegeltje die ze zonder enig pardon in de sneeuw gooiden. Ivan Ivanovitsj vatte weer wat moed en hielp zelf zijn zakken binnenstebuiten te keren. Daar was hij eerst niet toe in staat geweest.

'En zijn revolver?' zei iemand. 'Zijn jullie die vergeten?'

'Hier met je revolver. Vooruit!'

De wijkopzichter begon haastig zijn holster los te maken, bekeek de burgerwachten eens vriendelijk en toverde een glimlach op zijn gezicht.

'Ga uw gang. Een wapen kun je het niet noemen. Ja, U hebt echte revolvers, maar die van ons zijn van de staat en daar schiet je op twee pas nog geen hond mee dood. Serieus. Ja, toe maar. En mijn sabel, vergeet mijn "slakkensteker" niet. Zo noemen ze hem ook wel.'

Maar de sabel was wel degelijk scherp en werd snel losgemaakt. Op Ivan Ivanovitsj' grapje reageerde niemand. Een van de burgerwachten, een jonge vent met rode wangen en een stralende gezichtsuitdrukking, greep de sabel en wierp die over zijn schouder.

'Hupsakeetje!'

'Laat dat, Vasili! Dat gepronk is toch nergens goed voor!'

'Nou, die kon nog wel eens van pas komen.'

Ook Ivan Ivanovitsj schudde het hoofd en vroeg op bescheiden toon:

'Kan ik nu gaan?'

'Wat?!' riep de barse verbaasd. Zijn verbazing was zo verpletterend, zo onheilspellend en angstaanjagend dat de wijkopzichter opnieuw door doodsangst werd overvallen en de sneeuw voor zijn ogen zwart werd, terwijl boven elk van de zwarte figuren een soort aureool verscheen. Alles om hem heen begon te draaien.

'Echt niet?' zei hij onnozel. Zijn mond verkrampte tot een lachende grimas, terwijl zijn ogen uit hun kassen leken te rollen.

'Het loont de moeite niet', zei de eerste weer die Ivan Ivanovitsj ondervroeg. Maar de barse hield vol.

'En volgens mij loont het de moeite wèl. Dat geldt voor hen allemaal. En als jullie zo'n medelijden met hem hebben, laat mij dan maar. Nou, vooruit, lopen jij. Wij moesten maar eens even een praatje maken!'

'Het heeft geen zin!' vonden nu ook de anderen. 'Laat hem toch, Petrov. Laat hem maar gaan.'

Petrov haalde kwaad zijn schouders op, keek de wijkopzichter eens recht in diens uitpuilende ogen en trad terzijde.

'Jullie doen maar wat je niet laten kunt.'

'Hemeltjelief!' bracht Ivan Ivanovitsj uit en volgde hem met zijn blik. Hij sloeg een kruis. Toen bekeek hij hen allemaal en sloeg andermaal een kruis. 'Wat een vent, zeg. Goeie genade!'

De burgerwachten vormden een kring en begonnen te overleggen wat ze met de wijkopzichter zouden doen. Aangezien het hun eerste gevangene was, wisten ze niet wat ze met hem moesten beginnen. De jongeman met het stralende gezicht, die de sabel over zijn schouder droeg, begon te lachen. Hij sloeg Ivan Ivanovitsj op zijn schouder en stelde voor:

'Hij kan mooi helpen bij de barricades. We komen mensen te kort en hij is een gezonde vent. Toch?' en hij gaf Ivan Ivanovitsj een knipoog.

'Maar hoe moet dat dan?', zei deze verbaasd. 'Moet ik ineens...'

'Misschien geeft U de voorkeur aan een praatje met de kameraad van zoëven?' informeerde de jonge burgerwacht beleefd en wees op Petrov.

'Nee, dat geloof ik wel!' weerde de wijkopzichter af. De burgerwachten begonnen te lachen. Alleen Petrov trok een nog bozer gezicht en wendde zich af. 'Ik heb er niets op tegen, hoor. Als ik moet helpen, waarom ook niet? Ik ben er alleen niet op gekleed...'

'We willen niet aandringen...'

'Ach wat, nee. Werkelijk, met alle genoegen. Alleen mijn jas gaat me aan het hart. Dat kunt U begrijpen. Maar voor het overige...'

Hij sprak ongegeneerd en met gevoel van eigenwaarde, maar de angst verliet hem niet en ijlde als een klein muisje door zijn lichaam. Af en toe leek de lucht wel in zijn borst te blijven steken en de aarde onder hem weg te zakken. Het liefst ging hij zo snel mogelijk naar de barricade. Als hij maar eenmaal aan het werk was, dan zouden ze geen vinger meer naar hem durven uitsteken. Onderweg - ze moesten ongeveer een kwart werst lopen - probeerde hij uit de buurt van Petrov te blijven en zich meer in de nabijheid van de jonge burgerwacht met het stralende gezicht op te houden. Hij begon zelfs een gesprek met hem.

'Je hoort wel eens: agent dit en agent dat, smeris zus en zo. Maar hoe moet je nu zonder politie? Zegt U nu zelf. Toen de Heer Adam en Eva uit het paradijs verjoeg, wie zette hij toen bij de poort neer? Daarmee is het allemaal begonnen.'

'Hoor je dat, kameraad?' riep de jonge burgerwacht naar Petrov.

Petrov bleef staan en zonder naar zijn kameraad te kijken zei hij tot de wijkopzichter:

'Hou je geintjes maar voor je. Zij hebben je ontzien, ik niet. Als ik je nog één keer hoor, kijk' - hij wees op zijn browning - 'dan schiet ik je zo voor je kop. Smeerlap!'

Ivan Ivanovitsj zweeg beledigd. Uit het veld geslagen hield hij de hele weg zijn mond. Hij durfde geen blik achterom te werpen of eens goed naar zichzelf te kijken. Hij stond doodsangsten uit, voor zichzelf en voor zijn jas die misschien zou scheuren of vuil worden. Zo liep hij voort en probeerde gelijke tred te houden met de anderen, maar die liepen in een onregelmatig tempo, nu eens snel, dan weer langzaam, alsof ze het er om deden. De jonge burgerwacht met het stralende gezicht knipoogde een keer stiekem, maar Ivan Ivanovitsj keerde het gelaat droefgeestig af: hij voelde zich allerberoerdst. De jongen haalde Petrov in en zei op zachte toon:

'U bent wel erg hard voor hem, kameraad. Het is echt niet zo'n kwaaie kerel. Natuurlijk, hij begrijpt er nog niets van, hij is onwetend, maar eens zal ook hij het inzien... Iedereen zal het inzien.'

Somber keerde Petrov zijn schonkige kop met de donkere diepliggende ogen naar hem toe en keek toen in een paar dromerige, zachtjes stralende ogen. Er ging een stralend licht van uit dat uit de verste diepte leek op te stijgen. Blij en verbaasd keken ze de wereld in. Het deed pijn om in die lichtende diepte te kijken en dat deed de aandrang ontstaan om de jonge burgerwacht wakker te schudden en tegen hem te schreeuwen.

'Iedereen zal het inzien, kameraad', herhaalde de jongen nog eens en mild stemde Petrov met hem in:

'Misschien', en schertsend riep hij tot de wijkopzichter: 'nou, hoe zit het, oom agent, ben je al van de schrik bekomen?'

'Bespaar me uw spotternijen', antwoordde Ivan Ivanovitsj beledigd, en geschrokken van zijn eigen brutaliteit voegde hij er aan toe:

'Ik moest toch mijn mond houden van U, en nu... Is dat de barricade? Nou, dat is een flink bouwwerk!'

# II

Eigenlijk waren er mensen genoeg. Iedereen was monter en vol overgave in de weer en daarom duurde het even voordat Ivan Ivanovitsj een plekje had gevonden. Hij versleepte wat, probeerde hier en daar iets te stutten en met een stuk draad te verstevigen, maar het zette allemaal weinig zoden aan de dijk en men joeg hem steeds weg. Hij begreep gewoon niet waarvoor een barricade diende. In zijn ogen was het een vreemd en absurd stuk speelgoed dat in elkaar was gezet door wat kwajongens die een onbegrijpelijke kwajongensstreek wilden uithalen. Hij zag niet in hoe de barricade verbeterd kon worden. Hij zag er hulpeloos, verloren en zelfs verdrietig uit, temeer daar hij erg inzat over zijn jas. Een van de panden had al een vlek en over het zilvergrijze laken liep een lelijke donkere streep. Hij overlegde even met zichzelf en ging zich toen beklagen bij Petrov.

'Je weet niet wat je moet doen?' zei deze vol minachting. 'Zie je die telegraafpaal daar? Ga maar zagen.'

'Maar ik heb helemaal geen zaag.'

'Ga maar zoeken.'

En weer werd hij van de een naar de ander gejaagd. Uiteindelijk vond hij een zaag en zelfs iemand die hem bij het werk kon helpen, een oude arbeider.

'Je kunt je jas beter uitdoen', raadde de arbeider hem aan. 'Het is een goede jas. Zonde als je hem bederft en je kunt zo beter werken.'

'Ik ben bang dat ze hem stelen', zei de wijkopzichter.

'Nou ja, zeg!' sprak de oude man verbaasd. 'Wie heeft daar nou wat aan? Dit zijn burgers hier, geen dieven...'

'Dat moet ik nog zien', zei Ivan Ivanovitsj ongelovig, maar hij deed zijn jas uit, vouwde hem binnenstebuiten op en legde hem voorzichtig op een vensterbank, zodat hij er een oogje op kon houden.

Het werk ging hem nu gemakkelijker af, de omgeving leek op te klaren, alles werd eenvoudiger en begrijpelijker. De wijkopzichter begon zich nu ook wat meer op zijn gemak te voelen tussen de mensen, een eenvoudig slag mensen waaraan hij gewend was en waarmee hij goed overweg kon: arbeiders, een paar boeren, een paar half-hoge heren, winkelbedienden. Er waren ook vrouwen bij.

'Kijk nou eens', zei Ivan Ivanovitsj. 'Er zitten zelfs een paar wijven tussen. Die zijn ook aan het werk.'

'En waarom niet? Ieder moet zijn steentje bijdragen.'

'Om dat steentje zouden ze eens een keer goed moeten worden afgeranseld.'

'Wat ben jij een smeerlap!' zei de arbeider verbaasd. 'Wat hebben die vrouwen je gedaan? Als je nog een keer zoiets zegt, dan roep ik de jongens erbij. Die zullen je wel een lesje leren. Dan is alles meteen glashelder.'

'"Burgers" maar ondertussen vechten jullie wel', wierp de wijkopzichter met dunne stem tegen.

'Wij zijn burgers ja, en jij bent een schurk. Als jullie soort geen pak slaag verdient, wie dan wel?'

Opnieuw werd het Ivan Ivanovitsj bang te moede. Petrov stond op een afstandje te loensen, en van die montere sfeer ging iets vijandigs uit, iets kwaadaardigs en vernederends. Gisteren was Ivan Ivanovitsj nog superieur geweest aan hen allemaal en had hij iedereen op zijn smoel kunnen slaan, maar vandaag dachten ze dat ze beter waren dan hij, terwijl het toch in lompen gehulde smeerlappen waren. Op zo'n vijftig pas afstand stond een oude winkelier voor zijn zaak, een grijze, dikke man. Toen Ivan Ivanovitsj hem had opgemerkt, kon hij een grijns niet onderdrukken en knikte hem even toe: eindelijk, de eerste fatsoenlijke vent. De wijkopzichter rende vaak bij hem binnen om even te bellen, hij kende hem dus en meende te begrijpen dat ook hij met afschuw naar deze chaos moest kijken. En inderdaad, de winkelier keek met strenge en aandachtige blik naar de barricade, schudde daarna misprijzend zijn hoofd en verdween achter de deur van de winkel.

'Aha!' zei de wijkopzichter.

'Wat is er?'

'Niets. Zomaar. Misschien beschouwen jullie je wat te snel als burgers.'

'Begin je nu weer?'

De winkelier kwam weer naar buiten. Hij rolde een enorm leeg vat voor zich uit, helemaal tot aan de barricade en zette het daar overeind. Met zijn hoofd op zijn hand gesteund, keek hij even van een afstandje toe, pakte toen de bijl van zijn buurman en hakte het vat kapot, zodat de scherpe duigen uiteen bogen tot een merkwaardig boeket. En te midden van de andere stemmen en het gelach was ook zijn lage en zelfingenomen lach hoorbaar:

'Probeer daar maar eens overheen te komen.'

Met het oog op het rapport voor de commissaris van politie probeerde Ivan Ivanovitsj ieders gezicht goed te onthouden, maar op de winkelier en een huismeester na, slaagde hij er niet in iemand in zijn geheugen te prenten. Bovendien hief Petrov, die zijn aandachtige en spiedende blikken al had opgemerkt, een vermanende vinger en Ivan Ivanovitsj sloeg zijn blik dan ook bedeesd neer. 'Die verliest je ook geen moment uit het oog', dacht hij, en tegen de arbeider naast hem snoof hij spottend, maar op zachte toon:

'Kijken mag ook al niet. Allemachtig, wat een kapsones!'

'Jij kijkt niet zomaar om je heen', merkte de oude man ernstig op 'Ze hadden je niet mee moeten nemen. Het beste zou zijn als ze jou ophingen aan de barricade in plaats van het rode vaandel: goedkoop en makkelijk zat.'

'Het is maar wat je het beste noemt!

De arbeider maakte waarschijnlijk maar een grapje, maar Ivan Ivanovitsj kon niet zeggen waar de spot ophield en de ernst begon, en zijn hart klopte af en toe in zijn keel. Daarbij voelde hij zijn maagzuur branden alsof hij een grote hoeveelheid slechte en ranzige boter had gegeten. Maar er verstreek een uur, en nog een en niemand die een vinger naar hem uitstak, alhoewel hij vaak werd bedreigd en een jongetje hem zelfs een sneeuwbal tegen het hoofd gooide. Het jongetje kreeg er van langs en Ivan Ivanovitsj maakte zich al helemaal geen zorgen meer, niet om zich zelf, noch om zijn jas en langzamerhand begon hij al orders te geven en zijn stem te verheffen.

'Hoe kun je dat daar nou neerleggen? Pak hem van de andere kant. Van de andere kant, zeg ik toch. O God, ze begrijpen er niets van!'

Nu wist hij wat een barricade was.

'Zet hem met het uiteinde hier tegenaan, zodat de punt vooruitsteekt. Zo, ja!'

En zonder blikken of blozen liep hij al op Petrov af.

'Meneer Petrov! Zeg tegen de kameraden dat ze mij moeten assisteren bij de verwijdering van dat uithangbord. Dan zetten we het daar in het midden neer.'

Zonder zich om te draaien, antwoordde Petrov kortaf: 'Smeer hem.'

'Wat is er nou?' De wijkopzichter haalde vol onbegrip zijn schouders op, maar hij hield zich voor enige tijd gedeisd en maakte zich klein terwijl hij als een geslagen hond om zich heen keek. Daarna kreeg hij de situatie weer onder controle en verhief zijn stem die hij overigens meteen weer liet zakken als zijn blik die van Petrov kruiste. Hij moest laten zien dat, hoewel hij zijn jas niet meer droeg, hij toch beter, reiner en nobeler was dan de anderen.

'Maar dat is toch geen werk voor U, mevrouwtje!' zei hij tegen een vrouw die een bundeltje hout op een slee aanvoerde en het op de barricade gooide. 'U doet er beter aan koolsoep voor uw man te maken dan politiek te bedrijven.'

Hij had dit op zachte en bedaarde toon gezegd, maar de vrouw verhief plotseling haar stem, zodat de mensen van alle kanten toestroomden.

'Wat? En dat zeg je tegen mij? Tegen mij? Dankzij jou zit mijn man achter slot en grendel en dan waag je het nog om mij de les te lezen?'

En ze sloeg hem uit alle macht op zijn wang. Hij greep haar bij haar hoofddoek die losliet, maar meteen werd hij door een tiental handen gegrepen en vastgehouden. En weer werden zijn benen gevoelloos van angst.

'Het is niet mijn schuld! Zij... het is niet mijn schuld, echt niet! Ik zei haar...'

De vrouw zat op de slee te huilen terwijl de burgerwachten somber toekeken. Petrov nam het geheel met een lange en intense blik op en kon zich toen niet meer inhouden. Hij spuugde een keer op de grond:

'Menselijkheid!' zei hij minachtend.

'Meneer Petrov! Meneer Petrov', riep de wijkopzichter hem. 'Ik zei haar...'

'Mond houden!'

En weer geloofde Ivan Ivanovitsj dat zijn leven aan een draadje hing. Maar de vrouw knoopte haar hoofddoek vast, lachte door haar tranen heen en zei:

　　　　　　　　　　　　　　　　*LEONID ANDREJEV*

'Ach, laat hem ook maar.'

Daar kwam de jonge burgerwacht met het stralende gezicht aangelopen. Hij was even weggeweest en keerde nu blij en opgewonden terug.

'Hij moet naar ons adres. Ik ben er net geweest. Ze zeggen: breng ze allemaal maar hierheen. Fantastisch!'

'Wat is fantastisch?' vroeg Petrov.

'Gewoon. Alles. Het weer is fantastisch.'

Toen Vasili en twee andere burgerwachten Ivan Ivanovitsj wegvoerden, bleef deze plotseling staan en begon te schreeuwen:

'En mijn jas? Ik kan niet zonder mijn jas. Ik heb het koud. Ik kan wel kou vatten.'

Ze liepen terug en pakten de jas. Hij was nog opge-vouwen, precies zoals Ivan Ivanovitsj hem had neerge-legd. Ze liepen gehaast zonder een woord te spreken, terwijl ze om zich heen keken, de oren gespitst. Niemand besteedde aandacht aan Ivan Ivanovitsj en zijn nieuwe jas. Aangezien er al zoveel was voorgevallen op grond waarvan men hem had kunnen doodschieten en dit nog steeds niet was gebeurd, was hij er nu van overtuigd dat hem niets ergs meer kon overkomen en met minachting keek hij naar zijn metgezellen.

'Ja, hoor eens', zei hij tegen de jonge burgerwacht. 'Hoe heb je die sabel nou omgedaan? Zo dráág je die toch niet?'

'Wat is er dan?' vroeg de burgerwacht.

'Zo slaat hij steeds tegen je benen. Je moet de riem aantrekken.'

'Zo gaat het ook wel', lachte de jongen. 'Zulks is niet belangrijk.'

'Zulks!' dacht Ivan Ivanovitsj. 'Die is niet goed bij zijn hoofd. Zulks!' Hij spuugde van afkeer.

'Waar brengen jullie me naar toe?' vroeg hij op ruwe toon.

Een van de burgerwachten keek hem boos aan en legde hem het zwijgen op.

'Mond houden!'

En opnieuw was het alsof er een zware deksel boven het hoofd van de wijkopzichter dichtviel. Hij kreeg het benauwd en wist niet meer wat hij wilde: huilen, ruzie maken of op vriendelijke toon om een gunst vragen. Ergens vlakbij, achter de witte daken, klonken schoten die elkaar in hoog tempo opvolgden. De burgerwachten bleven staan en keken ongerust om zich heen.

'We moeten afbuigen', zei de een.

'Het stelt niets voor. We komen er wel doorheen', antwoordde de jongen.

'Nee, we kunnen beter afslaan', vond ook de ander en trok zijn revolver.

'Hebt U een revolver, kameraad?'

'Nee', antwoordde Vasili achteloos.

Met zijn drieën bleken ze maar één revolver te hebben. Ivan Ivanovitsj glimlachte van leedvermaak. 'Zo, zo', dacht hij.

Ze sloegen een klein verlaten steegje in waar de sneeuw lange tijd niet was opgeruimd. Ze hadden nog maar een paar stappen gedaan of een afdeling dragonders, wel vijfentwintig of dertig man sterk, kwam als een ordeloze lawine de bocht omgevlogen. Een minuut later was alles anders: de burgerwacht met de revolver had al zijn patronen in één keer verschoten en was de hoek omgerend. Zijn kameraad had het daarvoor al op een lopen gezet. Maar Vasili was ten val gekomen doordat zijn benen achter de sabel waren blijven haken. Het volgende moment al zat de wijkopzichter boven op hem, terwijl hij hem met zijn vuist in zijn nek sloeg en sissend, eerder dan schreeuwend een eindeloze reeks gierende verwensingen over hem uitstortte.

Ivan Ivanovitsj was in alle staten. Zo vervuld was hij van zijn overwinning, zo vervuld ook van haat en wrok dat hij af en toe het bewustzijn leek te verliezen en niet meer uit zijn woorden kwam. Nu eens lachte hij, dan weer barstte hij in een gekrenkt snikken uit of hij schreeuwde op krijsende toon iets onbegrijpelijks, waarbij hij steeds probeerde Vasili te slaan die door de dragonders werd vastgehouden. Langzaam lieten zich uit het geschreeuw, het gejammer en gescheld enkele woorden onderscheiden:

'Dat is hem! Dat is hem!'

Steeds maar herhaalde hij 'dat is hem' en hij legde in die woorden al zijn angst, haat en smaad. Een dikke officier, die onbeweeglijk in het zadel zat, keek met doffe blik om beurten naar de wijkopzichter en de gevangene.

'Nou?' zei hij kortademig. 'Vertel dan wat er is gebeurd. Maar houd het kort.'

Ivan Ivanovitsj vertelde zijn verhaal, niet zoals het werkelijk was gegaan, maar zijn versie en als hoofdschuldige van de aanval wees hij Vasili aan. Constant prikte hij naar hem met zijn vinger en riep:

'Dat is hem!'

Vasili zweeg. Hij zag vreselijk bleek en zijn lippen trilden. Van onder werd zijn gezicht belicht door de verse, nog niet in modder veranderde sneeuw, van boven viel op hem de weerschijn van de koude, witte winterhemel, en in dit gezicht was geen spoor van jeugdigheid meer te bekennen, alleen de naderende dood stond er in te lezen. Ineens was alles voorbij. Ineens brak een leven af dat vandaag nog zo overdadig, zo blij en vol had gebloeid. Alles was nu voorgoed voorbij. Zijn ogen zouden niet meer zien, zijn oren niet meer horen en zijn dode hart zou niets meer voelen. Alles was voorbij.

'Dat is dan duidelijk', zei de officier. 'Hij krijgt de kogel. Hij wilde U tegen de muur zetten, nu zetten we hem tegen de muur. Dan is alles voor elkaar.'

De soldaten legden al aan toen de officier grote ogen opzette en schreeuwde:

'Wacht! Kijk eens waar jullie hem hebben neergezet! Nou?'

De soldaten begrepen hem niet.

'Jullie hebben hem voor een venster neergezet, idioten. Zo schiet je het glas aan barrels. Zet hem tegen de muur. Zo, ja. Vooruit. Nee, wacht. Hé, jij, keer je om. Is 't niet duidelijk? Met je rug naar ons toe.'

Zachtjes antwoordde de jongen:

'Ik wil niet.'

'Wat? Wat sta je daar nou te mompelen?'

Weer antwoordde hij zachtjes:

'Ik wil niet.'

Ivan Ivanovitsj barstte in een daverend gelach uit. De dikke officier richtte zijn doffe en merkwaardig goedhartige blik op hem en zei:

'Wat staat U nou te lachen? Dat is zijn zaak. Als-ie niet wil, dan niet. Nou, vooruit!'

Toen alles achter de rug was, kreeg een soldaat het bevel zijn paard aan Ivan Ivanovitsjaf te staan en zelf bij een kameraad achterop te klimmen. Ze hadden zich al in beweging gezet en gingen over in draf, toen de officier plotseling schreeuwde:

'Wacht!'

Ze hielden halt. Moeizaam draaide de officier zich in de richting van de wijkopzichter en vroeg bezorgd:

'Hebt U uw sabel nou?'

'Hierzo!' antwoordde Ivan Ivanovitsj opgewekt.

'Mooi zo. Vooruit!'

Ivan Ivanovitsj voelde zich nu nog triomfantelijker dan die morgen. In diezelfde nieuwe jas zat hij nu te paard, een echte officier naast hem en alhoewel hij flink door elkaar werd geschud, hield hij zich stevig vast. Het was alleen jammer dat er geen mensen waren om het te zien: de straat was verlaten en ergens achter de witte daken donderden de kanonnen.

# DE STAD

Het was een reusachtige stad waarin zij woonden, Petrov, een klerk van de Handelsbank en die ander, zonder voor- of achternaam.

Eens in het jaar kwamen ze elkaar tegen, met Pasen, als ze allebei een bezoek aflegden aan het huis van de Vasiljevski's. Petrov verscheen ook met Kerstmis, maar de ander die hij daar ontmoette, kwam met Kerstmis waarschijnlijk op een ander tijdstip en dus zagen ze elkaar niet. De eerste twee, drie keer merkte Petrov hem te midden van de andere gasten niet op, maar het vierde jaar kwam zijn gezicht hem al bekend voor en het vijfde jaar stelde Petrov hem voor te klinken.

'Op uw gezondheid!' zei hij vriendelijk en hief zijn glas.

'Op uw gezondheid!' antwoordde de ander glimlachend en volgde zijn voorbeeld.

Maar het kwam niet in Petrov op om hem naar zijn naam te vragen en toen hij eenmaal op straat stond, was hij hem al helemaal vergeten. Elke dag ging hij naar de bank waar hij al tien jaar in dienst was, zag 's winters af en toe een toneelstuk, bracht de zomer bij bekenden op de datsja door en werd twee keer door de griep geveld; de tweede keer vlak voor Pasen. Toen hij, met zijn hoge hoed onder zijn arm en gekleed in een rokkostuum, de trap van de Vasiljevski's besteeg, schoot het door hem heen dat hij daar die ander terug zou zien en hij was zeer verbaasd dat hij zich diens gezicht en gestalte niet kon herinneren. Petrov zelf was klein gebouwd, liep enigszins gebogen zodat de meeste mensen dachten dat hij een bochel had, en hij had grote zwarte ogen met gelig oogwit. Verder onderscheidde hij zich op geen enkele manier van alle anderen die twee keer per jaar bij de Vasiljevski's kwamen. Als ze zijn naam vergeten waren, noemden ze hem gewoon de 'gebochelde'.

De ander was er al en maakte reeds aanstalten om te vertrekken, maar toen hij Petrov zag, glimlachte hij vriendelijk en besloot nog even te blijven. Hij was ook in rokkostuum en had eveneens een hoge hoed, maar verder slaagde Petrov er niet in nog iets bijzonders aan hem te ontdekken, want hij concentreerde zich nu op de conversatie, het eten en de thee. Ze vertrokken echter tegelijkertijd en hielpen elkaar als goede vrienden in hun jas. Beleefd lieten ze elkaar voorgaan en gaven de portier allebei een halve roebel. Toen ze buiten nog even bleven staan, zei de ander.

'Die komt hem nu eenmaal toe! Daar doe je niets aan.'

'Daar doe je niets aan!' antwoordde Petrov. 'Die komt hem toe!'

En omdat er verder niets meer te zeggen viel, glimlachten ze vriendelijk en Petrov vroeg:

'Waar moet U heen?'

'Ik moet naar links. En U?'

'Ik naar rechts.'

Toen hij een rijtuig had genomen, herinnerde hij zich plotseling dat hij weer niet naar de naam van de ander had gevraagd en hem evenmin eens goed had bekeken. Hij draaide zich om: voor en achter hem passeerden rijtuigen, de trottoirs zagen zwart van de mensen en in deze hechte bewegende massa was het even moeilijk de ander te vinden als een zandkorrel te midden van andere zand-korrels. En weer vergat Petrov hem en moest hij het hele jaar door niet één keer aan hem denken.

Al jaren bewoonde hij een stel gemeubileerde kamers in een pension waar men niet erg op hem gesteld was omdat hij somber en gauw geïrriteerd was. Ook daar noemden ze hem de 'gebochelde'. Vaak zat hij alleen op zijn kamer en wat hij daar uitvoerde was niet duidelijk, want Fedot, de bediende, beschouwde boeken en brieven niet als een serieuze bezigheid. Petrov ging 's nachts wel eens naar buiten om te wandelen, tot onbegrip van de portier Ivan aangezien hij altijd nuchter terugkwam en altijd zonder vrouw.

Maar Petrov ging 's avonds wandelen omdat hij vrese-lijk bang was voor de stad waarin hij woonde, en hij was dat vooral overdag wanneer de straten vol met mensen waren.

De stad was een reusachtige heksenketel, en in die drukte en die reusachtigheid stak iets hardnekkigs, iets onoverkomelijks en onverschillig wreeds. Met het kolos-sale gewicht van haar enorme stenen huizen drukte de stad zwaar op de aarde; de straten tussen de huizen waren smal, krom en diep als de barsten in een rots. En het leek wel alsof ze allemaal door een panische angst waren bevangen en van het centrum het open veld pro-beerden in te snellen, maar de weg niet konden vinden, verward raakten, als slangen door elkaar kronkelden en elkaar doorsneden om weer terug te ijlen in wanhopige vertwijfeling. Uren kon je door deze gebroken, naar lucht happende straten lopen die in een angstige stuiptrekking lagen verkrampt, zonder dat je erin slaagde de stenen huizenlinies te ontvluchten. Hoog en laag, soms rood als het koude en waterige bloed van verse baksteen, soms in een donkere of lichte kleur geschilderd, verhieven zij zich aan weerskanten, zagen onverschillig alles aan zich voorbijtrekken, verdrongen zich zowel voor- als achteraan in een dichte meute en verloren hun gezicht zodat ze op elkaar gingen lijken. Een willekeurige voorbijganger werd het dan ook angstig te moede: alsof hij onbeweeglijk was blijven stilstaan en de huizen hem in een eindeloze en dreigende rij passeerden.

Op een dag liep Petrov rustig over straat en voelde toen plotseling wat voor huizenmassa hem scheidde van het weidse, vrije veld waar de vrije aarde ongehinderd onder de zon lag te ademen en het menselijk oog de omgeving tot in de verste verte kon overzien. Op dat moment geloofde hij te zullen stikken en blind te worden, en hij voelde de behoefte het op een lopen te zetten om zich zo los te rukken uit de stenen omhelzing terwijl de angstige gedachte hem bekroop dat, hoe snel hij ook liep, hij aan beide kanten begeleid zou worden door huizen en nog eens huizen, en dat hij zou stikken eer hij de stad achter zich had gelaten. Petrov vluchtte het eerste restaurant in dat hij tegenkwam maar ook daar meende hij nog lange tijd dat hij in ademnood kwam. Hij dronk koud water en veegde met zijn zakdoek over zijn ogen.

Maar het vreselijkste was wel dat er in alle huizen mensen woonden. Het waren er ontelbaar veel en allemaal waren het onbekenden en vreemden, en allemaal leidden ze hun eigen heimelijke leven, onophoudelijk werden er mensen geboren, stierven ze, en deze stroom kende begin noch eind. Wanneer Petrov naar zijn werk liep of ging wandelen, zag hij bekende gebouwen waar hij al aan gewend was geraakt, en dan kwam alles hem bekend en vertrouwd voor. Maar hij hoefde zijn aandacht ook maar voor een ogenblik op een ander gezicht te vestigen of alles onderging plotseling een dreigende verandering. Met een gevoel van angst en onmacht staarde Petrov alle gezichten aan en hij begreep dat hij ze voor het eerst zag, dat hij gisteren andere mensen had gezien en dat het morgen weer anderen zouden zijn en zo zou hij altijd, elke dag, elke minuut, nieuwe en onbekende gezichten ontdekken. Die dikke meneer daar, naar wie Petrov net nog had staan kijken, was nu al om de hoek verdwenen en nooit zou Petrov hem terug zien. Nooit. En als hij hem zou willen vinden, dan zou hij zijn hele leven kunnen blijven zoeken, maar vinden zou hij hem niet.

Petrov was bang voor de reusachtige, onverschillige stad.

Dat jaar kreeg Petrov weer griep en behoorlijk ook, met complicaties. Hij was vaak verkouden. Bovendien ontdekten de dokters een maagcatarre en toen het weer Pasen was en Petrov naar de Vasiljevski's ging, overlegde hij onderweg met zichzelf wat hij daar zou eten. Hij was blij de ander terug te zien en hij zei hem:

'Ik heb een catarre, vadertje.'

De ander schudde vol medelijden het hoofd en antwoordde:

'Da's me ook wat!'

En weer kwam Petrov er niet achter hoe hij heette, maar hij beschouwde hem reeds als een goede bekende en dacht met een prettig gevoel aan hem terug. 'Die ene' noemde hij hem, maar wanneer hij zich zijn gezicht probeerde te herinneren, zag hij niets anders dan een rokkostuum, een wit vest en een glimlach, en omdat hij zich diens gezicht helemaal niet meer voor de geest kon halen, leek het wel of het rokkostuum en het vest glimlachten. Petrov ging die zomer regelmatig naar een bepaalde datsja, droeg een rode stropdas en kweekte met veel zorg een snorretje, en hij zei al tegen Fedot dat hij in de herfst zou gaan verhuizen. Maar daarna kwam er een einde aan die tochtjes naar de datsja en een maand lang deed hij niets anders dan drinken. Hij dronk tegen de klippen op, en dat ging gepaard met tranen en veel heibel: op een keer sloeg hij een ruit in zijn eigen kamer stuk, een andere keer joeg hij een vrouw de stuipen op het lijf; hij ging 's avonds bij haar naar binnen, knielde en vroeg haar ten huwelijk. De onbekende dame was een prostitué en hoorde hem eerst aandachtig aan waarbij ze zelfs moest lachen, maar toen hij over zijn eenzaamheid vertelde en in tranen uitbarstte, hield zij hem voor een krankzinnige en begon van angst te gillen. Petrov werd weggevoerd, hij verzette zich, trok Fedot aan zijn haar en schreeuwde:

'Wij zijn allemaal mensen! Allemaal broeders!'

Er was al besloten dat hij er uit gezet zou worden, maar hij gaf de fles er aan en zo deed de conciërge weer vloekend de deur voor Petrov van het slot. Tegen Nieuwjaar kreeg Petrov opslag: honderd roebel per jaar en hij verhuisde naar de aangrenzende kamer die vijf roebel duurder was en uitzicht gaf op de binnenplaats. Petrov dacht dat hij hier het lawaai van het verkeer niet zou horen en zou vergeten hoeveel onbekende en vreemde mensen hem wel niet omringden en zo dichtbij hun leven leidden.

's Winters was het stil in zijn kamer, maar toen de lente aanbrak en de sneeuw van de straten was verwijderd, begon het verkeerslawaai opnieuw en daar hielpen de dubbele muren niets tegen. Overdag, wanneer Petrov zelf bezig was, zelf bewoog en voor enig rumoer zorgde, merkte hij niets van het lawaai, alhoewel dit geen minuut verstomde. Maar als de nacht aanbrak en alles in huis tot rust kwam, drong de razende straat heerszuchtig de donkere kamer binnen en beroofde die van haar rust en eenzaamheid. Dan was het geknars en hortend rammelen van afzonderlijke rijtuigen hoorbaar. Ergens ver weg ontstond een zacht en dun geratel dat steeds duidelijker en luider werd om dan weer langzaam weg te sterven en afgelost te worden door het aanzwellende rumoer van een volgend rijtuig en zo ging het aan één stuk door. Soms weerklonk alleen het duidelijke en regelmatige geluid van de hoefijzers van paarden en waren de wielen niet hoorbaar; dat was een rijtuig met rubberen banden dat voorbijkwam, en vaak smolt het geratel van afzonderlijke equipages samen tot een machtig en vreselijk gedreun waarvan de stenen muren licht begonnen te trillen en de flesjes in de kast te rinkelen. En het waren allemaal mensen. Ze zaten in huurrijtuigen en equipages, God mocht weten waar ze vandaan kwamen, waar ze naar toe gingen. Ze verdwenen in de onbekende diepte van de reusachtige stad, voor hen in de plaats verschenen nieuwe mensen, andere mensen en aan deze onstuitbare en door haar onstuitbaarheid angstaanjagende beweging kwam geen einde. Ieder die voorbijkwam was een wereld op zich met eigen wetten en doelen, met zijn eigen vreugde en verdriet, ieder was een schim die voor een ogenblik verschenen was en weer zou verdwijnen zonder te zijn ontraadseld, zonder te zijn herkend. Hoe meer mensen er waren die elkaar niet kenden, des te groter werd de eenzaamheid van elk afzonderlijk. En in die donkere lawaaiige nachten wilde Petrov het wel uitschreeuwen van angst, ergens in een diepe kelder wegkruipen om daar helemaal alleen gelaten te worden. Dan zou hij alleen kunnen denken aan de mensen die hij kende en zich niet zo grenzeloos eenzaam hoeven voelen te midden van zoveel vreemden.

Met Pasen kwam de ander niet opdagen bij de Vasiljevski's, wat Petrov pas opmerkte aan het einde van zijn bezoek toen hij al afscheid begon te nemen en nergens de bekende glimlach ontdekte. Een onrustig gevoel maakte zich van hem meester en plotseling wilde hij dolgraag die ander zien en hem iets vertellen over zijn eenzaamheid en zijn nachten. Maar van de man die hij zocht, wist Petrov zich nog maar nauwelijks iets te herinneren, alleen dat hij van middelbare leeftijd moest zijn, dat hij waarschijnlijk blond was en altijd in een rokkostuum gekleed ging, maar op basis van deze kenmerken konden de Vasiljevski's niet achterhalen om wie het ging.

'Op feestdagen hebben we zoveel mensen op bezoek dat we niet ieders achternaam weten', zei mevrouw Vasiljevskaja. 'Zou het Semjonov kunnen zijn?'

En ze somde op haar vingers enkele achternamen op: Smirnov, Antonov, Nikiforov, vervolgens zonder achternaam: die kale die ergens op het postkantoor werkte, die blonde, die ene die helemaal grijs was. Maar de man waar Petrov naar vroeg zat er niet bij. En misschien ook wel. Ze kwamen er niet uit.

Dat jaar gebeurde er helemaal niets in het leven van Petrov, alleen zijn ogen werden slechter zodat hij een bril moest dragen. 's Nachts, als het weer goed was, ging hij wandelen en zocht hij de stille en verlaten steegjes op. Maar ook daar kwam hij mensen tegen, die hij voor het eerst zag en die hij nooit meer terug zou zien, terwijl aan weerszijden de huizen zich als blinde muren verhieven waarachter het vergeven was van onbekende en vreemde mensen die sliepen, praatten en ruzie maakten. Achter die muren stierf men en daarnaast werd men geboren om dan voor enige tijd in de bewegende oneindigheid te verdwijnen en daarna voor altijd te sterven. Bij wijze van troost somde Petrov al zijn bekenden op, hun vertrouwde en zo bekende gezichten waren als een muur die hem van de oneindigheid scheidde. Hij probeerde zich hen allemaal voor de geest te halen. Bekende portiers, winkeliers en koetsiers, zelfs voorbijgangers die hij zich toevallig herinnerde. Eerst had hij de indruk dat hij heel veel mensen kende, maar toen hij hen begon te tellen, bleken het er afschuwelijk weinig te zijn; gedurende zijn hele leven had hij maar tweehonderdvijftig mensen gekend, inclusief die ene. Dat was alles wat hem vertrouwd en bekend was in deze wereld. Misschien waren er nog wel meer mensen die hij kende, maar hij was hen vergeten en dat kwam er dan eigenlijk op neer dat ze niet bestonden.

De ander was buitengewoon blij Petrov met Pasen terug te zien. Hij droeg een nieuw rokkostuum en nieuwe krakende laarzen, en toen hij Petrov de hand drukte, zei hij:

'Weet U, ik was er bijna geweest. Ik had een longontsteking en nu is het hier' - en hij klopte even op de zijkant van zijn borst – 'hier bovenin kennelijk niet helemaal in orde.'

'Werkelijk?' bracht Petrov uit, die echt was geschrokken.

Ze spraken over verschillende ziektes, waarbij ieder het voornamelijk over zichzelf had en toen ze afscheid namen, schudden ze elkaar uitvoerig de hand, maar vergaten elkaars naam te vragen. Het jaar daarop verscheen Petrov met Pasen niet bij de Vasiljevski's en de ander, die zich buitengewoon ongerust maakte, deed uitvoerig navraag bij mevrouw Vasiljevskaja wie toch die gebochelde mocht zijn die bij hen op bezoek kwam.

'Natuurlijk. Ik weet wie dat is', zei ze. 'Zijn naam is Petrov.'

'En zijn voornaam?'

Mevrouw Vasiljevskaja wilde zijn voornaam noemen, maar die bleek ze tot haar eigen verbazing niet te weten.

Ze kon ook niet zeggen waar Petrov in dienst was: of het nu het postkantoor was of de bank....

Bij de eerstvolgende gelegenheid liet de ander verstek gaan, de keer daarop kwamen ze allebei wel, maar op een verschillend tijdstip, zodat ze elkaar niet troffen. Daarna verscheen geen van beide nog en de Vasiljevski's zagen hen niet terug, zonder dat te beseffen overigens, want er kwamen zoveel mensen bij hen op bezoek en ze konden zich niet iedereen herinneren.

Nog groter is de reusachtige stad geworden en daar waar de velden zich eens in alle weidsheid uitstrekten, rukken nu onstuitbaar nieuwe straten op en drukken dikke stenen muren aan weerszijden zwaar op de aarde. Aan de zeven kerkhoven is een achtste toegevoegd. Daar ontbreekt elk groen en voorlopig begraaft men er alleen de armen.

Wanneer dan de lange herfstnacht aanbreekt, wordt het stil op het kerkhof waar het nimmer verstommend verkeergeraas slechts als een verre galm weerklinkt.

# DE NOODKLOK

## I

Die hete en onheilspellende zomer brandde alles. Hele steden, dorpen en gehuchten werden in de as gelegd; het bos en de velden boden hun geen bescherming meer: het weerloze bos vatte zelf gehoorzaam vlam en als een rood tafellaken verspreidde het vuur zich over de uitgedroogde akkers. Overdag ging de dofrode zon in een bijtende rook schuil en 's nachts zag men de geruisloze vuurgloed aan verschillende uiteinden van de hemel in een zwijgende, fantastische dans flikkeren, terwijl de vreemde, troebele schaduwen van mensen en bomen als onbekende reptielen over de aarde kropen. De honden hadden hun geblaf gestaakt, waarmee ze de reiziger gewoonlijk welkom heetten, hun een dak en verzorging in het vooruitzicht stelden en lieten nu een langgerekt en klaaglijk gehuil horen of deden er, weggedoken in een hoekje, somber het zwijgen toe. En de mensen bekeken elkaar als honden met boosaardige en geschrokken blikken en spraken op luide toon van brandstichting en geheimzinnige brandstichters. In een afgelegen gehucht was een oude man gedood die niet had kunnen uitleggen waar hij naar toe ging, de vrouwen weenden om de dode en beklaagden zijn grijze baard, die kleverig was van het donkere bloed.

Die hete, onheilspellende zomer woonde ik met veel oude en jonge vrouwen in het huis van een landheer.

Overdag werkten we, praatten we en dachten weinig aan de branden, maar wanneer de nacht intrad, werden we door angst bevangen. De eigenaar van het landgoed ging vaak naar de stad; nachtenlang sliepen we niet, maar lieten onze schuwe blik over het land dwalen op zoek naar een mogelijke brandstichter. We kropen dicht tegen elkaar aan en spraken op fluisterende toon, de nacht was stil en de gebouwen om ons heen verhieven zich als donkere, vreemde massa's. Ze kwamen ons onbekend voor, alsof we ze nog nooit hadden gezien, ze leken afschuwelijk teer, alsof ze op het vuur wachtten en er al klaar voor waren. Op een keer flitste er voor ons in een barst in de muur iets lichts op. Het was de hemel, maar wij dachten dat 't het vuur was en de vrouwen stortten zich gillend op mij in de hoop dat ik - praktisch nog een kind - hen zou beschermen.

... Ikzelf kreeg van de schrik geen adem meer en stond als aan de grond genageld...

Soms verliet ik midden in de nacht mijn hete, doorwoelde bed en klom via het raam de tuin in. Het was een oude, majestueus- sombere tuin die op de zwaarste storm slechts met een ingehouden geloei antwoordde; beneden heersten de duisternis en een doodse stilte, als op de bodem van een ravijn, boven weerklonk een onduidelijk geruis dat deed denken aan een soort bedaard ver gemurmel. Terwijl ik me probeerde te verbergen voor iemand die mij volgde en steeds over mijn schouder meekeek, drong ik tot in het diepst van de tuin door, waar op een hoge wal een omheining stond en achter die omheining strekten zich beneden de in de duisternis gehulde velden, bossen en dorpen uit. De hoge zwaarmoedig-zwijgzame linden weken voor mij opzij en tussen hun dikke zwarte stammen door, in de kieren van de haag, zag ik iets vreselijks, iets ongewoons, wat mijn hart met een onrustige huiver vervulde en mijn benen licht deed trillen. Ik zag de hemel, echter niet de donkere, rustige hemel van de nacht, maar een roze lucht, die je overdag nooit ziet, noch 's nachts. De machtige linden stonden er ernstig en zwijgend bij en leken, als mensen, ergens op te wachten, de hemel verfde zich in een onnatuurlijk roze, waartegen het onheilspellende weerlicht van de brandende aarde zich in vuurrode stuiptrekkingen aftekende. Traag wentelend stegen de rookzuilen ten hemel en het feit dat ze geen enkel geluid verspreidden, terwijl beneden alles knetterde, het feit dat ze zo bedaard waren en zo statig, terwijl beneden alles in rep en roer was, had iets raadselachtigs en was even onnatuurlijk als de roze tint van de hemel.

Alsof ze ineens tot bezinning waren gekomen begonnen de hoge linden allemaal in hun toppen met elkaar te praten, waarna ze niet minder plotseling weer stil vielen en voor lange tijd verstarden in een somber afwachtende houding. Het werd stil als op de bodem van een ravijn. Achter mij voelde ik het gealarmeerde huis vol bevreesde mensen, om mij heen dromden de linden als wachters samen en vóór mij golfde geluidloos de rood-roze hemel, die nooit voorkomt, overdag noch 's nachts.

En omdat ik de hemel niet in zijn geheel zag, maar alleen door de open plekken tussen de bomen, deed het nog afschuwelijker en onbegrijpelijker aan.

## II

Het was nacht en ik was in een onrustige sluimer weggezakt toen een dof en afgebroken geluid, dat uit de grond leek op te stijgen, mijn hersenen binnendrong en daar als een ronde steen verstijfde. Daarop volgde een twee-de geluid, even kort en dreunend en mijn hoofd werd zwaar en pijnlijk, alsof er dikke druppels gesmolten lood op uiteenspatten. De druppels boorden en branden zich in mijn hersenen; ze namen gestaag in aantal toe en algauw daalde er een regen van korte, felle geluiden op mijn hoofd neer.

'Bam! Bam! Bam!' smeet iemand eruit, hij was groot en sterk, ongeduldig.

Ik opende mijn ogen en begreep onmiddellijk dat het de noodklok was en dat het dichtstbijzijnde dorp, Slobo-disjtsji, in brand stond. Het was donker in mijn kamer en het raam was gesloten, maar door de huiveringwekkende roep van de klok leek de ruimte met meubels, schilderijen en bloemen de straat op te gaan en voelde ik niet meer dat ik door muren en plafond omgeven was.

Ik herinner me niet meer hoe ik me heb aangekleed en ik weet niet waarom ik er alleen op uitging en niet met de anderen. Of zij waren me vergeten of ik herinnerde me hun bestaan niet meer. Nadrukkelijk en dof klonk de roep van de klok, alsof het geluid niet uit de lichte hemel neerdaalde maar door de onmetelijke aardmassa naar buiten werd geworpen. Ik snelde voort.

In het roze schijnsel van de lucht verbleekten de ster-ren, in de tuin was het angstaanjagend licht, wat te over-dag nooit ziet, noch op keizerlijke, maanrijke nachten, en toen ik bij de haag kwam aangerend, keek mij door de open plekken iets felroods aan, iets ziedends en wanhopig kolkends. De hoge linden, die wel met bloed leken bespat, trilden met hun ronde blaadjes en draaiden ze om, maar hun stemmen kwamen niet boven de korte en sterke sla-gen van de op gang gekomen klok uit. De slagen klonken nu helder en duidelijk en vlogen met de krankzinnige snelheid van een zwerm gloeiende stenen. Ze draaiden niet in de lucht, als de duiven van het stille avondgebeier, ze losten niet op als de strelende golf van feestelijk klokgelui... ze vlogen rechtuit, als dreigende onheilsboodschappers, die geen tijd hebben om om te kijken, met van afgrijzen wijd opengesperde ogen.

'Bam! Bam! Bam!' vlogen ze onhoudbaar en onstuimig, de sterke geluiden achterhaalden de zwakkere, zogen zich samen in de aarde vast en vulden de lucht.

Rechtuit, net als het geluid, rende ik voort over een groot omgeploegd veld waarover een bloedige flikkering lag als de schubben van een reusachtig zwart dier. Boven mijn hoofd zweefden op duizelingwekkende hoogte eenzaam heldere vonken voorbij, vóór mij was de afschuwelijke dorpsbrand, waarin huizen, mensen en dieren omkwamen. Daar, achter de grillige lijn van de zwarte bomen, sommige rond, andere spits als speren, wapperde een verblindende vlam die trots zijn nek boog als een op hol geslagen paard, die danste, vurige vlokken van zich af wierp, de zwarte hemel in en zich roofzuchtig vooroverboog naar een nieuwe prooi. Het suisde in mijn oren van het rennen, mijn hart bonsde snel en hevig, mijn hartslag werd achterhaald door het gedreun van de noodklok dat mij tegemoetkwam. En daarin klonk zoveel wanhoop door dat het leek alsof het niet een bronzen klok was die daar werd geluid, maar dat het 't hart van de veelbeproefde aarde zelf was, dat in de stuiptrekkingen van zijn doodsstrijd sloeg.

'Bam! Bam! Bam!', bulkte het in de gloeiende brandhaard en het was moeilijk te geloven dat die machtige en wanhopige kreten van de klokkentoren kwamen, die toch zo klein en zo rank was, zo rustig en stil, als een klein meisje in een roze jurk.

Ik viel, zocht steun op de droge aardkluiten, die onder mijn handen verbrokkelden; ik stond op en zette het weer op een rennen, terwijl het vuur en de roep van de noodklok me tegemoet sloegen. Het geknetter van een boom die door het vuur werd aangevreten en menselijk gegil, waarin wanhoop en angst overheersten, waren reeds hoorbaar. En toen het slangen- gesis van het vuur verstomde, kon men een aanhoudend zuchtend geluid onderscheiden; het huilen van de vrouwen en het gebrul van het vee in panische angst.

Voor een moeras hield ik stil. Het was een breed, begroeid moeras, dat zich links en rechts van mij uitstrekte. Ik liep het water in tot aan mijn knieën, daarna tot aan mijn borst, maar het moeras dreigde me naar beneden te zuigen en ik ging terug naar de oever. Recht tegenover me woedde het vuur dat wolken van goudachtige vonken die op de vurige bladeren van een gigantische boom leken, de hemel injoeg; binnen de zwarte omlijsting van het riet en de zegge schitterde het moeraswater met flonkerende vuurspiegels, terwijl de noodklok in doodsangst riep: 'Ga! Ga dan toch!'

### III

Ik ijlde langs de oever, achter mijn rug vloog mijn zwarte schaduw heen en weer, en wanneer ik me naar het water boog om de bodem te onderzoeken, keek de schim van een vurige gedaante me vanuit de zwarte afgrond aan en in zijn vervormde gelaatstrekken, in zijn verwarde haar, dat door een vreselijke kracht overeind leek geblazen, kon ik mezelf niet herkennen.

'Wat is dat toch? Here God!' bad ik, mijn handen uitstrekkend.

Maar de noodklok riep. Ze bad al niet meer, ze schreeuwde, als een mens, ze zuchtte en hijgde. De slagen waren niet meer regelmatig, maar overstelpten elkaar in hoog tempo, zonder naklank, wegstervend, opkomend en opnieuw wegstervend. Weer boog ik me over het water en naast mijn spiegelbeeld ontwaarde ik een andere vurige schim, lang en recht, die, tot mijn afgrijzen, nog steeds op een mens leek.

'Wie is daar?' riep ik uit en draaide me om. Naast mij stond een man die zwijgend naar de brand keek. Zijn gezicht stond bleek en in het natte, nog niet gestolde bloed dat een van zijn wangen bedekte, werd het vuur weerspiegeld. Hij ging eenvoudig gekleed, als een boer. Misschien was hij hier al toen ik aan kwam rennen en werd hij net als ik door het moeras tegengehouden; misschien was hij ook later gekomen. Ik had zijn komst niet gehoord en wist niet wie hij was.

'Brandt,' zei hij zonder zijn blik van de vlammen af te wenden. Zijn ogen, waarin het vuur werd weerkaatst, stonden groot en glazig.

'Wie ben je? Waar kom je vandaan?' vroeg ik. 'Je bloedt.'

Met lange, magere vingers raakte hij zijn wangen aan, bekeek ze en staarde opnieuw naar het vuur.

'Brandt,' herhaalde hij zonder aandacht aan mij te schenken. 'Alles brandt.'

'Weet jij hoe we aan de andere kant komen?' vroeg ik, terwijl ik een stap opzij deed: ik vermoedde dat het een van die krankzinnigen was van wie er die onheilspellende zomer veel voorkwamen.

'Brandt,' antwoordde hij. 'Ho-ho! Brandt,' schreeuwde hij en barstte in lachen uit, waarbij hij mij vriendelijk aankeek en met zijn hoofd schudde. Plotseling zweeg de op hol geslagen noodklok en de vlammen begonnen luider te knetteren. Smachtend haast strekten ze hun lange armen naar de stilgevallen klokketoren uit. Deze leek van dichtbij nog hoger en ze droeg geen roze maar een rood gewaad. Boven in de donkere opening, waar zich de klokken bevonden, verscheen, schuchter en bedaard als de vlam van een kaars, een vuurtje dat een bleke straal op hun bronzen flanken wierp. Opnieuw voer er een siddering door de klok, die haar laatste, krankzinnig-wanhopige kreten verzond en opnieuw ijlde ik vooruit langs de oever, en mijn zwarte schaduw vloog me op de hielen.

'Ik ga! Ik ga!' antwoordde ik iemand die mij riep. Een forsgebouwde man zat rustig achter mij met zijn armen om zijn knieën geslagen en zong op luide toon de klok na: 'Bam!. Bam!.. Bam!'

'Je bent gek geworden!' schreeuwde ik tegen hem en hij zong nog luider en vrolijker: 'Bam!.. Bam!.. Bam!..'

'Houd je mond!' smeekte ik.

Hij glimlachte en zong, wiegde met zijn hoofd, terwijl in zijn glazige ogen het vuur brandde. Hij was nog vreselijker dan de brand, deze krankzinnige, ik draaide me om en begon langs de oever te rennen Ik had nog maar een paar passen gedaan of naast mij verrees zijn lange figuur in een fladderend overhemd. Hij rende zwijgend, net als ik met grote passen, die geen vermoeidheid kenden, en zwijgend snelden onze zwarte schaduwen voort over het omgeploegde land.

De klok hijgde in haar doodsstrijd en schreeuwde als een mens die al geen hulp meer verwacht en wie geen hoop meer rest. En zwijgend renden we het duister in, terwijl onze zwarte schaduwen spottend naast ons voort sprongen.

# HIJ. HET VERHAAL
# VAN EEN ONBEKENDE

Ik was dronken van vreugde, dankte het lot op mijn blote knieën: ik, een arme student, die al van de universiteit was weggestuurd omdat hij zijn collegegeld niet had betaald en die zijn laatste veertig kopeken had uitgegeven aan een advertentie voor bijlessen, had nu ineens een goedbetaalde plaats in de schoot geworpen gekregen. Het was eind oktober. Op een donkere, typisch Petersburgse oktobermorgen ontving ik een brief met het verzoek om voor een onderhoud naar hotel 'Frankrijk' aan de Morskaja te komen. En anderhalf uur later - de regenbui die viel toen ik mijn huis had verlaten was nog niet voorbij - was ik al verzekerd van bijlessen, ik had een onderkomen en twintig roebel. Het was een droom, een sprookje! En alles had zo'n betoverende indruk op me gemaakt: het dure hotel, de luxe suite waar men mij had ontvangen en ook de buitengewoon vriendelijke, bijzonder voorkomende en aardige heer die mij in dienst had genomen. Door mijn opwinding, door mijn zenuwachtigheid en vreugde tegelijk was alleen maar tot me doorgedrongen dat deze heer al op leeftijd was en schitterend gekleed ging, zoals alleen rijke mensen voor de dag kunnen komen die vanaf hun kinderjaren aan goede kleding zijn gewend. Ik ging natuurlijk met al zijn voorwaarden akkoord: ik zou buiten de stad komen te wonen, over een eigen kamer beschikken, les geven aan een jongetje van een jaar of acht en ik zou hier vijftig roebel per maand voor ontvangen.

'Houdt U van de zee?' vroeg Norden mij ('meneer' zal ik in het verhaal verder weglaten).

Ik kon alleen maar uitbrengen:

'De zee? Goeie genade...'

Hij begon zelfs te lachen.

'Ach, natuurlijk. Wie houdt er in zijn jonge jaren niet van de zee? U zult het bij ons naar uw zin hebben: de zee bij ons is prachtig... hij is een beetje grijs, doet wat droevig aan, maar hij kan ook tekeer gaan èn hij kan zich van zijn vriendelijke kant laten zien. Het zal U wel bevallen.'

Nou, reken maar. Ik lachte van blijdschap, en mijn lach beantwoordend voegde Norden er onverwachts aan toe:

'In die zee is mijn dochter verdronken, ze was al bijna volwassen. Jelena. Vijf jaar geleden is het gebeurd.'

Ik wist gewoon niet wat ik daarop moest zeggen. Ik stond perplex. Bovendien bracht dat lachje van hem me in verlegenheid: hij praat over de dood van zijn dochter en staat er bij te glimlachen! Ik geloofde hem niet, ik dacht dat hij gewoon een grapje maakte. Hij was buitengewoon goed van vertrouwen; het geld, die twintig roebel, bood hij me zelf aan zonder om een reçuutje of mijn paspoort te vragen, hij informeerde zelfs niet naar mijn achternaam. Onder andere omstandigheden zou deze mate van vertrouwen me niet hebben verbaasd, maar ik was zo uitgehongerd, zag er zo verfomfaaid uit en ik had zulke natte kousen dat ik mezelf niet eens zou vertrouwen. Ik was immers van de universiteit weggestuurd omdat ik mijn collegegeld niet had betaald.

Aan goede dingen wen je echter snel. Er was nog maar een week voorbij sinds ik bij Norden was ingetrokken of de luxe van mijn nieuwe leven had al iets vanzelfsprekends gekregen: een kamer voor mezelf, het aangename gevoel van een steeds gevulde maag, warmte, droge voeten. En naarmate Petersburg steeds verder van mij afkwam te staan met zijn hongerperiodes, met zijn stuivertjes en zijn dubbeltjes, met de miezerige strijd om het bestaan waartoe zijn studenten zijn veroordeeld, drong het merkwaardige, deprimerende en zeer ernstige karakter van mijn nieuwe leven zich aan mij op.

Ik schreef mijn kameraden nog wel hoe ik het getroffen had, maar op dat moment voelde ik al geen vreugde meer, ik was gewoon niet blij. De oorzaak van deze gemoedstoestand kon ik lange tijd niet vinden, aangezien ik mijn zaakjes toch schitterend voor elkaar leek te hebben en er alle reden was om vrolijk te zijn. Nergens werd zoveel gelachen als bij Norden. Stap voor stap echter drong ik door in de geheime krochten van dit vreemde huis en dit uitzonderlijke gezin, of liever: slechts door de externe aanraking van hun koude muren begon ik de bron te vermoeden van het intense verdriet en de uitputtende weemoed die op deze mensen en deze locatie schenen te drukken.

Ik begin met de locatie. Het huis en de tuin bevonden zich vlak aan de kust, het huis had één verdieping, was groot, ruim van opzet en zelfs luxueus. Voor mij, een arme, verdwaalde student, was op de begane grond een kamer ingericht alsof ik een hoogwaardigheidsbekleder op doorreis was of een huisvriend die was blijven logeren. Ook de tuin was prachtig. In deze woeste en kale omgeving van zand, sparren en stenen, waar slechts de koude ochtendmist en de wind van de grijze, wenende zee zich deden gelden, moesten de aanleg en de weelderige planten heel wat geld en moeite hebben gekost. Er stonden hier ook linden, een paar blauwe sparren en zelfs een kastanje. Er waren veel bloemen, hele rozenstruiken, er groeide jasmijn, terwijl de ruimte tussen deze planten, die, zo kwam het me voor, altijd van de koude te lijden moesten hebben, werd opgevuld door een wonderlijk groen gazon. Iedereen die over de schutting heen een blik in de tuin wierp, was vol bewondering en benijdde de eigenaar. Norden zelf was ook trots op zijn tuin en toen ik hem voor het eerst zag, was ik werkelijk verrukt. Maar er was iets met de opstelling van de bomen - die eenzaam oogden en open en bloot op het vlakke gazon verrezen zodat het vreemden voor elkaar leken, altijd en eeuwig alleen - dat al snel een gevoel van kille onbevredigdheid opriep, een vaag vermoeden van een flagrante, droeve leugen, een bittere fout of een verloren geluk.

Waarom waren er nooit sporen op de tuinpaden te zien? In het huis woonden veel mensen, er waren drie kinderen en er werd vaak in de tuin gewandeld, maar in mijn herinnering was de tuin altijd leeg en ontbrak op de paden elk spoor.

Norden zelf was hier juist heel erg mee in zijn nopjes en legde uit dat de paden speciaal waren aangelegd met een mengsel van klei, zand en grint. Daarom zou zelfs na aanhoudende regen de zwaarste voet er nog geen spoor in achterlaten. Maar ik vond dat een onbehagelijk idee wat ik ook openlijk tegen Norden zei. Hij moest hartelijk lachen - ik begreep niet waarom - raakte toen voorzichtig en uiterst hoffelijk mijn arm aan en zei:

'Kijkt U morgen dan maar. Zelfs als er sporen zijn, dan moeten ze worden weggehaald. Kijkt U morgen vroeg maar eens.'

En alsof ik gehoor gaf aan een bevel, werd ik de volgende morgen vroeg in het schemerduister wakker, veegde het beslagen raam schoon en zag hoe drie donkere, gebogen gestalten iets langzaam over het tuinpad achter zich voortsleepten. Ik begreep dat dit Nordens werklieden moesten zijn en dat ze met ijzeren harken de sporen van de vorige dag en nacht uitwisten, en toch stond me dat niet aan.

Bovendien bestaan er toch ook andere sporen dan voetafdrukken? Een van de kinderen had zijn speelgoed kunnen vergeten (kinderen laten hun speelgoed altijd rondslingeren); een arbeider had zijn schep of zijn hark kunnen achterlaten, maar hier vergat niemand iets, niemand liet ooit iets liggen. De bomen lieten hun laatste bladeren vallen, en ook dat was bepaald deprimerend: het waren donkere, ineen gekrulde bladeren die in een hopeloze beweging op het grint neerdaalden om daar weer te worden verwijderd door diezelfde gehoorzame hand die de sporen uitwiste. Het leek af en toe wel alsof er iemand, misschien Norden zelf wel, wanhopig tegen zijn herinneringen vocht en alles leeg probeerde te maken. Maar hoe wijder de leegte haar muil opensperde, des te tastbaarder werden de verdreven herinneringen, de gedode beelden en de gewiste sporen. En alhoewel ik daar toch een vreemde was en van nature al niet een scherp waarnemer ben, voelde ik dat ze ook mij begonnen te beroeren, die duistere herinneringen aan een of andere treurige fout, aan een verloren geluk of een droeve leugen.

En al snel werd ik uit eigener beweging een soort spion, een speurder, hetgeen ik ook zou blijven tot het moment waarop ik, overweldigd door de loop der gebeurtenissen, veranderde van een observator in iemand die geobserveerd wordt, van een vervolger in een vervolgde. Tot het zover was, zette ik mijn zoektocht voort. Mijn melancholieke verbeeldingskracht - ik heb een moeilijke, eenzame jeugd gehad - vulde de merkwaardige tuin met alle mogelijke misdaden, moorden en sterfgevallen. Natuurlijk, ik was jong en wanneer er zich een zonnige dag voordeed die vooral in de novemberduisternis zo welkom kan zijn, dan moest ik lachen om mijn eigen hersenspinsels. Maar als de mist van zee kwam opzetten en de zware, natte hemel neerdaalde waardoor het daglicht verflauwde, dan hoorde ik weer hoe de drie donkere gestalten de sporen met hun ijzeren hark wisten en voelde ik mijn onrust opnieuw groeien.

Ik weet niet of ik ook maar iets zou hebben gevonden als Norden niet tijdens een strandwandeling zelf had gewezen op een met cement verstevigde hoop stenen in de vorm van een piramide. De branding, die vooral in de herfst zeer onstuimig kan zijn, had het cement aangevreten en enkele stenen slingerden al los rond waardoor de vorm enigszins was aangetast. Misschien dat het me daarom nooit was opgevallen.

'Ziet U die piramide?' vroeg Norden. 'Hij is wat kleiner dan die van Cheops, maar het is er wel een.'

Hij begon te lachen - waarom lachte hij toch almaar? - en vervolgde:

'Ik had hier een kerk willen bouwen in Normandische stijl. Houdt U van die stijl? Maar ik kreeg geen toestemming... de bekrompenheid!'

Ik zweeg, ik wist niet wat ik daarop moest zeggen. Ik ben überhaupt niet zo ad rem. Hij wachtte even, lang genoeg voor een vraag of een antwoord, en verduidelijkte monter:

'Precies op deze plek is het lichaam van mijn dochter Jelena gevonden. Haar hoofd lag hier en hier lagen haar benen. Ze is verdronken. Dat had ik U, geloof ik, verteld.'

'Hoe is dat gebeurd?'

'Hoe verdrinken jonge mensen?' zei Norden met een glimlachje. 'Ze trok er in een roeiboot alleen op uit. Een windstoot en het bootje sloeg om... tsja, hoe gaat zoiets?'

Ik keek naar de grijze zee waar een lichte rimpeling over lag. Op sommige plaatsen tekenden grote kale stenen zich donker af, hier en daar glinsterde het water op een bijzondere manier en was de bodem zichtbaar.

'Het is hier erg ondiep', zei ik.

'Het is een stuk uit de kust gebeurd.'

'Waarom is ze dan zo ver gegaan?'

'Waarom gaan jongen mensen zo ver?' lachte Norden en beroerde even heel hoffelijk mijn arm. 'Ik heb twee schitterende boten, voor de winter bergen we ze op, maar in de lente laten we ze weer te water. Houdt U van varen?'

'En is dat bootje ook op het strand aangespoeld?'

Norden begreep me niet meteen.

'Welk bootje? O, dat? Natuurlijk, natuurlijk, dat is ook aangespoeld. Maar het is opnieuw geverfd, je zou het niet herkennen. Een prachtige, stevige boot. In de lente moet U hem zelf maar eens uitproberen.'

Na dit gesprek dat me zo veel leek te onthullen, maar in wezen helemaal niets verduidelijkte, bekeek ik de afbrokkelende piramide elke dag aandachtig. Haar hoofd haar daar gelegen en daar haar benen. Maar als Norden alle sporen zo meedogenloos liet verwijderen en de boot waarin zijn dochter verdronken was wit had laten verven, waarom had hij de herinnering aan de verongelukte dan toch met die stenen willen bewaren? Was het een plotselinge opwelling geweest of gewoon een onlogische daad zoals ook de meest consequente mensen die kunnen begaan?

Ik weet het niet. Op een of andere manier ben ik er niet aan toegekomen om mijn gedachten daarover te formuleren. Al mijn aandacht werd in beslag genomen door de zee, deze leek mij de belangrijkste bron te zijn van dat grote verdriet dat op deze mensen en deze locatie rustte. De zee was...

## II

Maar laat ik eerst iets vertellen over de bewoners van het huis en over mijn leven te midden van die ongewone mensen die, ondanks hun opgewektheid, een uiterst onprettige en drukkende sfeer opriepen.

's Morgens was ik met Volodja bezig, een keurig achtjarig ventje met de voortreffelijke manieren van een volwassen gentleman, plichtsgetrouw, beleefd en buitengewoon onderdanig. Hij legde zijn voeten niet op de tafel, zoals mijn andere leerlingen dat plachten te doen, hij peuterde niet in zijn neus, maakte geen vlekken op het papier en de tafel, en hij haalde geen rotgeintjes uit. Elke opmerking, die ik maakte, hoorde hij met zo'n merkwaardige gezichtsuitdrukking aan, alsof ik koning Salomo in eigen persoon was, en hij de onaanzienlijkste van al diens leerlingen en onderdanen. Of hij me nu geloofde of alleen maar deed alsof, maar ik voelde me niet gemakkelijk bij die uitzonderlijke aandacht waardoor zelfs de meest onbetekenende woorden die ik sprak, plotseling een enorm gewicht kregen. Elke dag, de feestdagen uitgezonderd, verscheen zijn keurig geknipte, blonde en tamelijk grote hoofd om tien uur precies boven de tafel waar het twee uur lang een deel van mijn gezichtsveld in beslag nam en waar het om twaalf uur precies weer verdween. Hij had een plat, wit en eerbiedig gezicht zonder wenkbrauwen, en met twee ver uit elkaar liggende ogen die uitpuilden alsof ze op een bordje lagen. Ik hoopte maar dat Volodja wat knapper zou worden naarmate hij ouder werd. Maar ondanks zijn beleefdheid, ondanks het feit dat hij mij minder hoofdbrekens bezorgde dan welke andere leerling ook (zo weinig zelfs dat het leek alsof hij er zelfs helemaal niet was) was ik niet op hem gesteld. Juist die onderdanigheid en beleefdheid stonden me tegen, denk ik. Uit zichzelf lachte hij nooit, zelfs glimlachen deed hij niet, maar als een der volwassenen een grapje maakte, schaterde hij het beleefd uit. Zijn platte, witte gezicht verraadde geen enkele emotie, maar als een van de volwassen hem bang wilde maken, hem versteld wilde doen staan, of juist in verrukking wilde brengen, dan nam dat gezicht direct de gewenste uitdrukking aan. Alsof hij geen kind was, maar iemand die om de volwassenen een genoegen te doen de plichten van een kind nauwgezet vervulde. Hij haalde wel kattenkwaad uit, maar alleen als hij daartoe werd aangezet en dan nog op een wat onbeheerste manier, alsof hij zich andermans streken herinnerde die hij in een droom had gezien. Van de andere twee kinderen - een jongetje van zeven jaar en een meisje van vijf - kon hij niets leren. Ze waren net als Volodja. Ik zag hen overigens niet vaak, ze waren steeds bij hun oude Engelse gouvernante met wie ik geen woord kon wisselen omdat ik de taal niet beheers.

Ik ging met Volodja uit wandelen, maar ook dat deed hij weerzinwekkend: het oogde zo gemaakt alsof hij een kleine dure pop was die een keurig jongetje moest voorstellen. Eén keer slechts, en dan nog heel kort, ontdekte ik in Volodja iets wat op leven leek. Ik was de tuin ingegaan om een luchtje te scheppen en toen ontdekte ik Volodja ter hoogte van een van die smetteloze, witte bankjes aan zo'n egaal paadje waar geen spoor op achter bleef. Hij zat gewoon op het vochtige zand en hield met beide handen zijn voet stevig vast. Kennelijk had hij zich hard gestoten, want zijn gezicht had een pijnlijke uitdrukking en hij huilde. Hij zat daar in zijn eentje en liet zijn tranen de vrije loop. Maar zodra hij mij in de gaten kreeg, stond hij op en begaf zich hinkend in mijn richting. Zijn gezicht stond weer egaal, de tranen waren opgedroogd, hij was weer een en al beleefdheid en bereidwilligheid.

'Heb je je pijn gedaan, Volodja?'

'Ja, een beetje.'

'Waarom huil je dan niet?'

Hij keek me aandachtig aan en probeerde te begrijpen wat ik van hem wilde. Toen hij doorhad dat ik volstrekt serieus was, antwoordde hij onderdanig:

'Ik heb al gehuild.'

Het is zeer goed mogelijk dat hij er nog 'dank U' aan toevoegde, net als in die oude anekdote, zo beleefd was dit vreemde en beklagenswaardige mannetje.

De rest van de dag was ik vrij. Ik wandelde wanneer het beroerde novemberweer dat toeliet, of ik zat in mijn kamer te lezen. Norden was zo vriendelijk om me al zijn boeken ter beschikking te stellen - en dat waren er heel wat - en in het begin vormde dat een van de grootste vreugdebronnen die mijn niet erg opwekkende en monotone leven te bieden had. Soms studeerde ik in Nordens eigen bibliotheek, ook dat stond hij toe. Hier voelde ik me helemaal de koning te rijk: zachte divans, grote tafels bezaaid met tijdschriften, een grote hoeveelheid boeken in zachtlederen banden. Het was er zo stil als in de Openbare Bibliotheek. De kamer bevond zich op de eerste verdieping waar geen enkele geluid kon doordringen. Het was überhaupt doodstil in huis, mits Norden, om redenen die alleen hem bekend waren, de honden deed blaffen, de kinderen liet dansen en zingen, en ieder die een mond had, dwong het uit te schateren.

Het middageten gebruikten we gezamenlijk: de kinderen, de Engelse gouvernante, Norden en ik. Gasten heb ik bij Norden niet één keer gezien, maar bij het avondeten verscheen er soms een dikke, zwijgzame Duitser die zijn mond alleen open deed voor het eten, of om te lachen wanneer Norden hem daartoe aanzette. Hij scheen Nordens landgoed te beheren, of zijn huizen in Petersburg. Aan tafel werd altijd gelachen, het is moeilijk te zeggen waarom, maar gelachen werd er. De heer des huizes tapte zelf graag moppen en probeerde daarmee iedereen aan het lachen te maken. Hij vertaalde ze voor de gouvernante in het Engels, maar als hij dat vergat, schaterde ze het evengoed uit. Kennelijk schreven de gewoontes van het huis dit voor. In het begin was ik nog ernstig, tot ongerustheid van Norden, ja zelfs tot zijn ergernis. Gealarmeerd keek hij me van dichtbij in de ogen en vroeg me op verbaasde toon:

'Waarom lacht U niet? Vindt U dat niet grappig? Het is toch zeer geestig.'

En dan probeerde hij uit te leggen waarom het geestig was en waarom ik zou moeten lachen. Maar als ik dan nog mijn ernst niet liet varen of alleen maar glimlachte en het niet uitbulderde, werd Norden zenuwachtig en volhardde hij in het vertellen van steeds weer nieuwe, nogal duistere moppen, waarbij hij een lach uit mij probeerde te persen, als water uit boter. Het leek er waarachtig op dat als ik dan nóg niet zou lachen, hij in tranen zou uitbarsten, mijn handen zou kussen en me zou smeken om het tenminste één keer uit te gieren en op die manier zijn leven te redden. Het einde van het liedje was dat ik inderdaad net als iedereen begon te lachen. Tot op de dag van vandaag herinner ik me die krampachtige, onzinnige, idiote lach die mijn mond opentrok, als een bit de bek van een paard. Ik herinner me nog goed dat kwellende gevoel van angst en woeste onderdanigheid dat mij beheerste wanneer ik in mijn eentje was, alleen in mijn kamer of aan het strand, en ik ineens een vreemde druk op mijn gezichtsspieren voelde ontstaan, een onzinnige, onbeschaamde behoefte tot lachen en dat terwijl ik niet alleen niet geamuseerd was, maar zelfs niet opgewekt.

Omdat ik in de loop van enkele dagen alleen de genoemde personen aan tafel zag, ging ik er van uit dat er verder niemand in het huis woonde. Maar op een dag, juist tijdens het avondeten, begon er boven iemand op een vleugel te spelen in een kamer die altijd op slot zat. Ik was verbaasd en vroeg (wat waarschijnlijk in strijd was met de etiquette, daar heb ik altijd moeite mee):

'Wie speelt daar?'

Norden antwoordde op opgewekte toon:

'Ach, weet U dat dan niet? Dat is mijn vrouw. Mijn excuses, als ik vergeten ben U op de hoogte te stellen. Ze is niet helemaal in orde en verlaat haar kamer niet. Maar ze is bijzonder getalenteerd! Hoort U maar hoe ze speelt.'

Maar de muziek was zeer treurig en Norden werd weer zenuwachtig.

'Ze speelt fabuleus', herhaalde hij, terwijl hij met zijn mes een ongrijpbare maat tikte op de rand van zijn bord. Hij kon evenwel niet op zijn stoel blijven zitten en rende naar boven. Toen hij terugkwam, riep hij goedgemutst van de trap:

'Kinderen, Miss Mull! Aantreden, mamma wil dat jullie plezier hebben.'

Boven werd inderdaad een vrolijk wijsje ingezet, het was een soort modieuze dansmuziek die vroeg om krampachtig-snelle en spastisch-vrolijke bewegingen. In het luide spel klonk onzekerheid door en Norden verduidelijkte op vriendschappelijke toon:

'Ze heeft de muziek nog maar pas. Heb ik onlangs meegenomen uit Petersburg. Zulke charmante muziek, heel Europa danst er op.'

En vrolijk riep hij:

'Tanzieren, meine Kinder, tanzieren. Miss Mull!'

De gehoorzame poppen begonnen in het rond te draaien. Naïef gebiologeerd volgde de jongste de bewegingen van de ouderen en probeerde ze te imiteren door haar armpjes de lucht in te gooien en met haar korte, dikke beentjes een soort onhandig dribbelpasje uit te voeren. Zij leek de enige te zijn die oprecht vrolijk was en ze lachte dan ook naar hartenlust. Zelfs Miss Mull, die op de kinderen lette, draaide verdwaasd en houterig in het rond als een paard in de circusring dat met een luid knallende zweep op de achterpoten is gedwongen. Norden moedigde de dansers aan door in zijn handen te klappen en kreten te slaken, tenslotte deed hij alsof hij zich niet meer kon inhouden en begon hij zelf te zwieren. En terwijl hij zo ronddraaide, vroeg hij me:

'En U dan? En U dan?'

Hij kwam tot stilstand en begon me over te halen:

'Toe nou toch! Eventjes maar, U zoudt ons allemaal zo'n groot plezier doen. Kunt U niet dansen? Miss Mull leert het U zó!'

Maar ik weigerde pertinent te dansen. Toen de rood aangelopen kinderen waren weggeleid, stak Norden een sigaar op en zei opgewekt paffend:

'Pfoe, ik ben er moe van. Het is bij ons een vrolijke bedoening, nietwaar?'

Vanaf dat moment hoorde ik haast elke dag boven muziek, soms droevig, maar meestal opgewekt en onzeker. Elke keer wanneer Norden uit Petersburg terugkwam, nam hij de muziek mee van een of ander nieuwe, charmante dans waar heel Europa verzot op was. Hij ging tamelijk vaak naar Petersburg waar hij belangrijke zaken scheen te hebben, maar niet voor lang, voor een dag of twee, niet meer. Ik wilde er dolgraag achter komen wat er nu precies met Nordens vrouw aan de hand was. Ik ging er vanuit dat de sleutel tot het intense verdriet dat dit huis en zijn bewoners vervulde, juist hier moest liggen, maar al mijn pogingen om iets te weten te komen bleven vruchteloos. Ik wilde geen toenadering zoeken tot het personeel, bovendien had ik de indruk dat ze niets wisten. Volodja echter was beleefd-geniepig en ongetwijfeld zelfs een leugenaar.

'Nou, hoe gaat het met je moeder vandaag?' vroeg ik hem. 'Zijn jullie vandaag bij haar geweest?'

'Ja. We gaan elke morgen naar haar toe. Mamma vindt het heel jammer dat ze niet met U kan kennismaken.'

'Is ze erg ziek?'

'Nee, niet zo heel erg. Ze speelt schitterend piano. Ze heeft geweldig veel talent.'

'En moet ze vaak huilen?' vroeg ik pardoes.

'Mamma?' vroeg Volodja verbaasd. 'Nee, ze huilt nooit.'

'Lacht ze dan?' schamperde ik kwaad.

'Is dat dan niet goed?' vroeg deze o zo beleefde leerling op schuldige toon. Kennelijk verwachtte hij dat ik een preek over het lachen zou afsteken en was hij bereid om, afhankelijk van mijn conclusies, het uit te schateren of in tranen uit te barsten. Maar ik stak geen preek af en over zijn moeder hebben we verder niet gesproken.

Op een keer deed zich 's nachts, of liever in de vroege morgen - het grint was al geharkt, de sporen gewist - een vreselijk tumult voor dat kennelijk verband hield met de ziekte van de onzichtbare musicienne. Er viel iets, iemand begon te schreeuwen, van de schrik of van de pijn, lichten werden ontstoken en ik hoorde door de kier van de deur hoe Norden op geruststellende toon sprak:

'Het heeft niets te betekenen. De wind heeft een luik losgerukt, daar is ze wat van geschrokken. Het is alweer voorbij.'

Er stond inderdaad een stevige, bijna stormachtige zeewind. Deze had de hele nacht in de schoorsteen gehuild, zijn vochtige adem langs de hoeken van het huis gejaagd en als een zanger op het podium af en toe even stil gehouden op het gazon om zich daar uit te leven in gefluit en woest gezang. Alle luiken echter zaten nog op hun plaats. Dat zag ik de volgende morgen. Dus Norden had gelogen. Die zelfde ochtend nog zag ik voor het eerst zijn vrouw. Ik hief mijn blik naar haar raam en ontdekte daar achter het weerspiegelende glas waarop het licht bedrieglijk werd weerkaatst, een even onzekere, bedrieglijke gedaante: zij stond naar de woeste, bulderende zee te kijken. En, voor zover ik de kans had om haar te bekijken, was ze, tot mijn verbazing, geen oude vrouw, maar nog jong en mooi met dikke, donkere wallen onder haar ogen. Ik was zo vrijpostig - ik werd nu soms brutaal tegenover Norden - om hem te vragen naar de leeftijd van zijn vrouw. Het bleek dat zij pas negenentwintig was en dat Jelena, die was verdronken, uit Nordens eerste huwelijk was voortgekomen.

## III

Het dagboek dat ik bij Norden bijhield, is gestolen. Waarschijnlijk is ook dat ten prooi gevallen aan dat bewuste systeem van sporenvernietiging, aan die naïeve en koppige strijd gericht tegen de uiterlijkheid. Wie mijn dagboek ook heeft ontvreemd, hij heeft met zijn kleinzielige en walgelijke vergrijp niets bereikt, tevergeefs heeft zijn edele hand het slot geforceerd: ik herinner me de gebeurtenissen nog heel goed tot aan het moment waarop het afgrijzen me voor lange tijd van mijn bewustzijn beroofde. En deze sporen, die in mijn geheugen staan gegrift, zouden zelfs de drie werklieden niet hebben kunnen vernietigen die in de ochtendschemering hun ijzeren hark over de grindpaadjes voortsleepten.

Hoe zou ik die ondiepe, hopeloos-treurige zee kunnen vergeten die er zo vlak bijlag dat het leek alsof de aarde hier haar bolvormigheid verloor? Als ik aan de zee in het algemeen denk, dan zie ik schepen voor me, maar die lieten zich hier nooit zien. Hun route lag verder weg, ergens achter de immer vage en mistige horizon. Het lage water oogde als een grijze, kleurloze woestenij, de bescheiden golven klotsten tegen elkaar op, niet in staat om de oever te bereiken en daar voor altijd tot rust te komen. Een enkele keer zag ik in de verte een eenzaam donker vissersbootje dat zo langzaam vooruit kwam dat het wel een steen leek die uit het water stak. Dat was alles wat mijn ogen gedurende vele uren van niet aflatende aandacht konden ontdekken. Na de storm, die de onzichtbare en raadselachtige mevrouw Norden zo aan het schrikken had gemaakt, brak een windstille week aan, een week van vochtig en warm weer, waarin een doorschijnende en benauwende mist, van dichtbij niet waarneembaar, de einder in een onverschillige duisternis hulde en de middag deed veranderen in een grijze schemer. Tegelijk met de mist trok het ondiepe water zich terug van de kust, zodat er kleine eilandjes en hele continenten van zandbanken droogvielen. Het egale, door geen enkel teken beroerde, door geen enkel voorwerp gemarkeerde oppervlak zette elk besef van afmetingen en afstanden op losse schroeven, en toen ik me in de diepte van dit wonderlijke land begaf, leken mijn stappen me enorm, mijn sprongen over de smalle zeestroompjes gigantisch, en zelf leek ik een reus te zijn, een geheimzinnig wezen, dat voor het eerst de pas geschapen, levenloze en woeste aarde verkent.

Springend van continent naar continent kwam ik tot vlak aan het grijze water, waarvan de bescheiden, vlakke rolling mij nu voorkwam als een enorme, primordiale branding, en waarvan het zachte geklots meer weg had van een donderende en razende stormvloed. Op het maagdelijke zandoppervlak schreef ik de naam *Jelena* en de kleine letters, die nu op gigantische hiërogliefen leken, richtten een luide smeekbede tot de woestenij van hemel, zee en aarde. Waarom volgde ik toen mijn eigen spoor niet terug? De avond was reeds gevallen en in het donker was ik verdwaald. Overal stuitte ik op brede strandmeren die tamelijk diep leken. Ongerust liep ik dwars door de plassen en was opgelucht toen de stenen piramide zichtbaar werd. Toevallig was ik juist bij die plek uitgekomen, waar het lichaam van Jelena door de golven was aangespoeld.

'Waarom bent U hier gaan wonen?' vroeg ik Norden diezelfde avond nog brutaalweg 'De zee werkt verschrikkelijk op het gemoed!'

'Verschrikkelijk? Nee, dat is niet waar. Wanneer U haar wat beter leert kennen, zal ze U zeker bekoren.'

Ze bekoorde me nu ook al, maar het was de bekoring van melancholie en vrees, een gevaarlijk en dodelijk gif dat men moet ontvluchten... alsof Norden dat zou begrijpen! Hij vertelde alweer een nieuw mop, waarbij hij mij bijna nederig aankeek en als met een nijptang een ongerijmd en afbeulend lachen aan me ontlokte. We zaten elkaar aan te kijken en gierden het uit. Mijn God, wat was dat stupide en vernederend! De dagen die op dit gesprek volgden hebben zich niet in mijn geheugen vastgezet, alsof ze helemaal nooit hebben plaatsgevonden en ik gedurende deze hele periode was weggezakt in een soort droefgeestige, droomloze slaap.

Op vijf december bevroor de zee en viel het eerste echte pak sneeuw. En met de eerste sneeuw, op die vijfde december, diende zich een ongewoon verschijnsel aan dat het treurige raadsel van deze mistroostige plek, van zijn mensen en hun leven nog mysterieuzer maakte, een verschijnsel dat ik tot op de dag van vandaag niet heb kunnen doorgronden en dat mij zelf af en toe voorkomt als een goedkope leugen, een waardeloos verzinsel. Wat dat aangaat, valt het verlies van het dagboek met zijn dagelijkse en precieze aantekeningen misschien inderdaad te betreuren, aangezien hun streng chronologische volgorde had kunnen helpen om de onverdraaglijke en uiteindelijk ziekelijke angst, welke zich langzaam van mij meester maakte, zo niet te verklaren, dan toch wel te begrijpen.

Ik zal proberen, voor zover mogelijk, precies te zijn en geen enkel detail over te slaan dat van belang is of op enigerlei wijze verband houdt met de gebeurtenissen. Daarbij lijkt het me van het grootste belang stil te staan bij de eerste verschijning van dat merkwaardige en ongewone wezen dat als het ware alle sombere krachten, alle melancholie en duistere droefenis belichaamde die op Nordens ongelukkige huis drukten, en die mij, tot dan toe een buitenstaander, in een verschrikkelijke draaikolk meesleepten.

Ik herhaal: op vijf december viel het eerste echte pak sneeuw. Ze was gevallen gedurende de voorgaande nacht tot ver in de daaropvolgende ochtend. Toen ik na Volodja's lessen naar buiten ging, was alles stil, doods-wit en schitterend. Diepe sporen achterlatend liep ik snel naar de kust en slaakte een kreet van verrassing: de zee was verdwenen. Gisteren nog begon hier het ijzige, door rukwinden misvormde oppervlak dat een mat lichtschijnsel weerkaatste, en vandaag was alles egaal, er waren geen grenzen, niets wat de blik ook maar even kon vasthouden.

Als de wereld een voorstelling op papier was geweest, dan zou de tekening hier achter me zijn opgehouden, terwijl vóór mij zich het blanke papier uitstrekte dat nog niet door het potlood was beroerd. En met die typische behoefte lijnen te zetten, sporen achter te laten, een behoefte die zich bij elk mens doet voelen wanneer hij een glad, maagdelijk oppervlak voor zich heeft, trok ik mijn rechterhandschoen uit en schreef met mijn vinger in grote letters in de koude sneeuw:

*Jelena.*

Ik wierp een blik in de richting van de piramide. Ze was verdwenen. Er lag nu een besneeuwd heuveltje waarin de zachte rondingen van de stenen nauw zichtbaar waren, er ging iets zwijgzaams en gehoorzaams vanuit, alsof het voor de tweede keer was gestorven, maar nu voorgoed. Hier lag haar hoofd en hier lagen haar benen... nee, ik kon me dat moeilijk voorstellen nu de aarde, de kust en de golven die het bootje hadden doen omslaan, waren verdwenen, en alleen deze egale, onbewogen witheid zich uitstrekte. En ik leek wel een soort bevrijding te voelen: een gevoel van buitengewone lichtheid en eenvoud maakte zich van me meester. In een bevlieging van nuchter plichtsbesef speelde ik zelfs al met het idee om naar de universiteit te gaan en de pedel te bezoeken. Norden zelf beschouwde ik nu gewoon als een rare kwast. Hij was geen aangenaam gezelschap en om een of andere reden was hij ongelukkig, maar hij deed geen vlieg kwaad en was hoe dan ook een vreemde voor me: ik zou even wat bijverdienen en weer vertrekken. Als die mensen zo wilden leven, steeds maar moppen en grappen vertellen en dansen, dan was dat hun zaak.

'Nou... hoe zit dat nu met je sporen?', dacht ik geamuseerd toen ik terugliep, terwijl ik expres mijn oude voetstappen ontweek om een vers, breed en nonchalant spoor achter te laten. En dat was zo prettig: een spoor achter te laten en de volgende dag te weten dat ik hier had gelopen; zo prettig om nog vele dagen wellicht, tot het volgende pak sneeuw, mezelf in het verleden te kunnen zien verdwijnen. Ook de tuin leek nu ineens ongekunsteld en gewoon. De koude liefkozing van de roerloze sneeuw joeg de vervreemding en de eenzaamheid uit de bomen. Alles lag in slaap verzonken, een stille sluimer was neergedaald. Deze zachte rust werd slechts door één ding verstoord: de grote houten foedralen waarmee Norden zijn dure, zuidelijke bomen tegen de vorst probeerde te beschermen. Zoiets had ik nog nooit in een tuin gezien, en die hoge, absurd ogende, schijnbaar lege houten kisten lieten dan ook een onaangename indruk bij mij achter. Sommigen deden vaag denken aan grote doodskisten die overeind waren gezet voor een of andere monsterlijke processie. 'Alsof de herrijzenis der doden is verstoord', dacht ik en vervloekte Norden die zijn kistjes een zeer slim, praktisch en grappig idee vond.

Norden zelf was al twee dagen afwezig, hij was voor zaken naar Petersburg en in het enorme, goed verwarmde huis waarvan ik nog niet alle kamers kende, was het leeg en stil: de kinderen zaten met hun gouvernante op hun kamers en hielden zich koest, de bedienden hadden zich teruggetrokken in de keuken, en ergens boven achter haar spiegelende ramen zat alleen en ziek een jonge

mooie vrouw, het raadselachtige slachtoffer van onbekende krachten. Ik had ongeveer een uur in de bibliotheek
doorgebracht, maar mijn hoofd stond niet naar lezen,
daar was ik op een of andere manier veel te opgewekt en
onrustig voor. Het lege, stille en deels nog niet verkende huis maakte een avontuurlijke stemming in mij los.
En, nadat ik even geluisterd had of er iemand aankwam,
begon ik de kamers te verkennen, in één waarvan ik de
ongelukkige mevrouw Norden vermoedde. De deuren
waren niet op slot. Snel, maar behoedzaam doorliep ik
twee kamers en kwam via een korte gang op een overloop terecht waar een trap naar beneden leidde. Van het
bestaan van deze trap was ik niet op de hoogte geweest.
Meteen begreep ik dat de zieke zich hier achter die hoge,
zwijgende deur moest bevinden. Met wanhopige vastbe-
radenheid probeerde ik haar te openen, maar dat lukte
niet. En zo stond ik daar op die lege overloop, zonder te
weten wat ik verder moest doen. Aankloppen? Maar met
welk recht!

Lange tijd stond ik daar, eerst ten prooi aan een soort
betovering, daarna verward en bedrukt door de onverbrekelijke, steeds intenser wordende stilte die doordrong
in alle voorwerpen, de treden van de lege trap bekleed-
de en met witte ogen uit het grote raam staarde. Uiteindelijk hoorde ik iemands voetstappen en ik keerde snel
weer terug naar de bibliotheek En opnieuw voelde ik die
onrustige vreugde, die onwillekeurige opwinding van
zoëven. Ook nu slaagde ik er niet in om mijn gedachten bij mijn lectuur te houden en met het boek in mijn
handen viel ik al snel in slaap op de ruime, zachte bank.
En terwijl ik me nog vaag bewust was van de eenzame
warmte in mijn beschermde en teruggetrokken hoekje, nam ik in mijn slaap het beeld van een besneeuwde,

doodse wereld mee waarin slechts enkele potloodstreken zijn aangebracht en waarin ik het gevoel had volledig te zijn verdwaald.

's Avonds was ik zoals gebruikelijk op mijn kamer voor mezelf bezig. Ik hield mijn dagboek bij, schreef wat brieven en ging op het gebruikelijke tijdstip naar bed, maar omdat ik overdag zo vast en lang had geslapen, kon ik de slaap nu niet vatten en lag een uur of twee met mijn ogen open. Belangstellend bekeek en luisterde ik naar het onbekende huis en de enigszins bekende kamer die me nu in het nachtelijk duister weer totaal vreemd voorkwam. Er hing dezelfde stilte als overdag. Achter het raam, waarvoor een dun wit gordijntje hing, lichtte het witte schijnsel van de nacht zwakjes op. Kennelijk verspreidde de maan vanachter de wolken haar spookachtige licht. Ik geloof dat ik al begon in te slapen, toen ik plotseling voelde dat er iemand voor het raam stond, er tekende zich een soort schaduw op het gordijntje af.

Ik moet er hier voor de duidelijkheid aan toevoegen dat ik een gelijkvloerse kamer bewoonde, juist op een hoek van het huis, de ramen bevonden zich hoog boven de grond: wie op zijn tenen ging staan of gewoon vrij lang was, kon makkelijk naar binnen kijken. 'Er is kennelijk iemand aangekomen die niet weet hoe hij het huis in moet', dacht ik, en met een gevoel van lichte opwinding liep ik op het raam toe en trok het gordijn opzij... ja, er stond iemand voor me die met zijn borst tot aan de vensterbank kwam en met een onbeweeglijk donker gezicht naar me keek. Enigszins van mijn stuk gebracht maakte ik een soort groetende beweging, maar hij antwoordde niet en bleef onbeweeglijk slaan. Ik tikte met een vinger op het raam: de zwarte gedaante en zijn al even donkere, in een schaduw verborgen gezicht verroerden zich niet.

'Wat wilt U?' vroeg ik tamelijk zacht en vergat dat hij mijn stem door het dubbele wintervenster misschien niet kon horen.

Er volgde inderdaad geen antwoord en het donkere gezicht keek me nog even onbeweeglijk en strak aan. 'Wacht maar', dacht ik kwaad. 'Ik zal je krijgen!' Maar ik had me nog niet omgedraaid van het raam, of hij verwijderde zich al, langzaam, zonder zich te haasten, waarbij zijn zwarte profiel zich één ogenblik duidelijk aftekende. Ik zag nog dat zijn schouders recht en buitengewoon breed waren en dat hij op zijn hoofd een lage bolhoed droeg, voor de rest was er niets bijzonders of vreemds aan hem, behalve dan natuurlijk zijn raadselachtige verschijning midden in de nacht onder een vreemd raam. Ik besloot in ieder geval naar buiten te gaan om polshoogte te nemen, maar voor ik me goed en wel had aangekleed, was mijn daadkracht al weer afgenomen en bleef ik binnen, terwijl ik met geveinsde onverschilligheid dacht: 'Ik kom er morgen wel achter'.

's Morgens informeerde ik bij het personeel en mijn huisgenoten: het bleek dat er gedurende de hele nacht niemand was langs geweest en dat ze niemand hadden gezien die op mijn onbekende leek. De huismeester en klusjesman maakte een gewone, kalme indruk toen ik navraag deed, maar de jonge en gladgeschoren lakei Ivan raakte volgens mij in verwarring en werd zelfs een beetje zenuwachtig. Toen hij me nog een keer het verhaal van de onbekende verschijning had laten herhalen en aan het eind ervan direct gerustgesteld was, verklaarde hij op besliste toon dat ik het me allemaal maar had verbeeld. Later kwam ik er achter dat veel mensen in het huis bang waren voor spoken en om een of andere reden was iedereen er van overtuigd dat de verdronken Jelena zo'n spook zou moeten zijn. Overigens had deze angst, die niet diep geworteld was en niet helemaal serieus te nemen viel, alle kenmerken van het soort legendes welke door achterdocht en nieuwsgierigheid in ongelukkige gezinnen ontstaan.

Omdat ik niets wijzer was geworden, ging ik een kijkje bij mijn venster nemen in de hoop dat dat misschien een aanwijzing zou opleveren, maar wat ik daar zag, deed me versteld staan en maakte juist een onaangename onrust in me los. Onder het raam waren geen voetstappen te zien. Dat was het eerste wat me opviel. Verder had ik me klaarblijkelijk vergist in de hoogte van het raam, toen ik veronderstelde dat dit overeenkwam met de gemiddelde lengte van een mens. In werkelijkheid kon ik met mijn vingertoppen maar net bij het raam, en dat terwijl ik tamelijk lang ben. Dit detail was voor mij van bijzonder belang omdat de onbekende van gisteren met zijn borst boven de vensterbank was uitgekomen, met andere woorden: óf hij was bijzonder, zelfs onnatuurlijk lang geweest, óf hij had in de lucht gezweefd, als... een hallucinatie. Ja, een hallucinatie. Aan het eind van mijn observaties moest ik deze conclusie wel trekken, en dat bracht me van me stuk.

Al met al was dat een aannemelijke verklaring. De overspannen aandacht waarmee ik het onbekende huis nu volgde en waarvan ik geheimzinnige en sombere mirakels was gaan verwachten, hadden mijn zenuwstelsel uiteindelijk ontwricht en mij het enige wonder geschonken dat deze sceptische en ontwikkelde eeuw nog kent. Ja, het moest een hallucinatie geweest zijn... als het niet een toevallige voorbijganger was geweest, of een of andere zot, of... Maar die sporen dan? Aan de andere kant, als het inderdaad een hallucinatie was geweest, waarom voelde ik me dan zo gezond en sterk, en was ik helemaal niet nerveus? Ik zag alle voorwerpen duidelijk en mijn gedachtengang was toch ook helder en correct? Waarom zouden mijn innerlijke onrust en nervositeit juist deze gestalte hebben voortgebracht, een sombere gestalte weliswaar, maar toch ook een doodgewone en alledaagse figuur die op geen enkele manier verbonden was met mijn vermoedens. Zoals zo veel huisbewoners verwachtte ik eerder Jelena te zien. Toch niet deze zwijgzame meneer met zijn bolhoedje... wat had ik nou met dat bolhoedje van hem!

Zo slaagde ik er niet in dit raadsel op te lossen. Zonder ook maar iets van een verklaring te hebben gevonden, hervond ik toch mijn rust; ik had het gevoel te blaken van gezondheid en dat verschafte me de zekerheid dat er niets ernstigs aan de hand kon zijn, hoe je die verschijning ook benaderde. De dag verliep verder zoals gewoonlijk. Tegen de avond keerde Norden uit de stad terug en bracht de muziek van een of ander opgewekt, populair dansje mee. Na het middageten speelde de onzichtbare moeder weer piano, waarbij ze onzeker de nieuwe muziek verkende. De kinderen dansten, en Miss Mull draaide in het rond als een circuspaard in de ring. Norden zelf doorkruiste de kamer een paar keer, terwijl hij de passen van een balletdanser nadeed en ze op vermakelijke wijze overdreef. Iedereen moest verschrikkelijk lachen, maar toen ik met tranen in de ogen een blik naar buiten wierp, scheen het me toe dat daar iemand stond. Ik kwam direct tot mezelf en tuurde ingespannen naar buiten: het was donker en leeg, er was niets te zien en er kon ook helemaal niemand zijn. Het was allemaal onzin. Norden echter begon zich al ongerust te maken.

'Waarom lacht U niet? Het is zó ongelooflijk geestig. Of bevalt onze nieuwe dans U niet? Dat is toch onmogelijk - ik zal mijn beklag doen bij Miss Mull en zij zal

U straffen als een ongehoorzaam kind. Ha! Is dat even schrikken!'

Hij wees naar mij en zei iets in het Engels wat haar in lachen deed uitbarsten en haar met haar hoofd deed schudden. Tenslotte dwong hij haar op mij toe te lopen en me voor de grap, bij wijze van straf, een tik op mijn hand te geven. Daar was het nog niet mee gedaan: met de uitgelatenheid van een kind verzocht Norden de gouvernante en de kinderen voor me te knielen en me te smeken om mee te dansen. Ik wist gewoon niet wat ik moest doen of wat ik moest zeggen: het was gênant en walgelijk, maar omdat het slechts een grapje was voelde ik me volledig geremd en wist ik niets uit te brengen. Eén ogenblik zag ik het verwonderde gezicht van de lakei Ivan in de deuropening, en direct daarop zat ook hij op zijn knieën, in een livrei en met zijn witte handschoenen aan, en probeerde me over te halen om in de danspret te delen. De muziek dreunde maar door, rolde naar beneden over de traptreden die me gisteren nog zo zwijgzaam waren voorgekomen, en ik voelde een soort woeste, ziekelijke vrolijkheid bezit van me nemen alsof ik werd dood gekieteld. Uiteindelijk begon ik te dansen, en terwijl ik danste en zwierde voor de ontelbare, donkere ramen die me in een merkwaardige cirkel omsloten, dacht ik verbaasd: waar ben ik? Wat gebeurt er met me?

Het duurde nog geruime tijd voordat Norden tot bedaren was gekomen en toen de kinderen al naar bed waren, hield hij me nog vast in de eetkamer om met mij de gebeurtenissen van de dag nog eens tot in de kleinste details door te nemen: hoe Miss Mull had rondgedraaid, hoe Volodja had gezwierd en hoe komisch het was geweest toen ze me op hun knieën hadden proberen over te halen. En terwijl hij met zijn verzorgde hand vertrouwelijk mijn elleboog beroerde en zijn gezicht, dat ik tot dan toe niet goed had kunnen bekijken of onthouden, dicht bij het mijne bracht, zei hij op hartelijke toon:

'Nee, bedenkt U zich eens hoe fijn het hier is, hoe prettig, hoe beschaafd het er hier eigenlijk aan toegaat! Jazeker, beschaafd. We leven hier in deze uithoek, ver weg van de stad, tien kilometer in de omtrek brandt niet één licht, en die kant op' - hij strekte zijn hand uit in de richting van de zee – 'zijn het misschien wel honderden kilometers, maar waar houden wij ons mee bezig? Wij dansen. Mijn vrienden in Petersburg vragen me wel eens hoe ik zo afgelegen kan wonen en me toch niet verveel. Hadden ze ons vandaag eens moeten zien!'

Hij kreeg weer een onbedaarlijke lachbui en terwijl hij me goedmoedig op mijn knie klopte, hield zijn geschater onverdraaglijk lang aan. Hij bleef maar uitgelaten:

'Ja! Hadden ze ons vandaag eens moeten zien, ze zouden spoorslags hierheen zijn gesneld om met ons te dansen! Maar wacht eens even... waarom zouden we zoiets niet eens organiseren? Ja, wat een idee! Wat een schitterend idee!'

Opgewonden begon hij door de kamer te lopen en deed op overdreven wijze iemand na die een geniaal idee heeft gekregen: hij drukte zijn vingers tegen zijn voorhoofd, maakte brede gebaren en hief zijn blik ten hemel.

'Afgelopen nacht...'

Maar hij onderbrak me:

'Ja, ja, natuurlijk: we nodigen vijftig mensen uit, honderd mensen en we gaan allemaal dansen. Dat zal me toch een vrolijke bedoening worden, zo'n staaltje van beschaving!'

'Afgelopen nacht...'

Norden draaide zich met een ruk naar mij toe en keek me vervolgens zonder glimlach langdurig aan. En zolang hij zweeg, voelde ik dat ik niet bij machte was om een woord uit te brengen, alsof er een ijzeren slot aan mijn lippen hing.

'Wat wilde U zeggen?' vroeg hij en neigde beleefd in mijn richting.

Maar ik wilde al helemaal niets meer zeggen en dat deed ik dan ook niet.

Die nacht viel ik direct diep in slaap, alsof ik in een met zwarte donsveren gevulde kuil was weggezakt. Ik sliep tot een uur of twee, drie, toen iemand me wekte met de luide woorden: 'tijd om op te staan!' De stem was zo hard dat ik zelfs even overeind kwam in mijn bed, maar in de kamer was het stil en er was niets te zien. Bovendien zat de deur op slot. Ik begreep meteen dat ik iets had gehoord wat er niet was zoals slapers wel vaker overkomt. En toen ik me alweer op mijn rechterzijde had gedraaid om verder te slapen, schoot me ineens die vage schim achter het raam te binnen... Ja, net als gisteren stond daar iemand.

Hij was het. Vermanend hief ik mijn vinger, maar net als gisteren reageerde hij niet en bleef hij onbeweeglijk staan. Nu kon ik duidelijk zien dat hij inderdaad uitzonderlijk, zelfs onnatuurlijk lang was en dat hij gewoon op de grond stond. Maar in plaats van dat het me angst aanjoeg, stelde het me op een vreemde manier juist gerust. Weer schoot het door me heen dat ik naar buiten moest gaan om hem te grijpen, mar opnieuw, alsof hij mijn gedachte had opgevangen, keerde hij zijn rug naar het venster en liep rustig langs het huis. Zou ik me aankleden? Nee, dat had toch geen zin, ik zou te laat zijn.

'Als dit alles is... als het hierbij blijft, dan is het nog niet zo erg!', dacht ik en sloeg de dekens over me heen, bijna opgewekt bij het besef dat voor vandaag alles was afgelopen.

Maar mijn handen en benen waren zo koud dat als ik de ene voet met de andere beroerde, dit bijna pijn deed: het leek wel alsof niet mijn eigen voeten onder de dekens lagen, maar het ijzige voetenpaar van iemand anders. En langzamerhand begon ik te rillen alsof ik koorts had.

## IV

De daarop volgende nacht, die van 7 december, ging ik met mijn kleren aan naar bed, vastbesloten de onbekende te verrassen, hem in zijn kraag te vatten en hoe dan ook de ontknoping van dit onaangename en merkwaardige raadsel te forceren. Ik was niet bang, maar de begrijpelijke ergernis, ja, de woede die ik voelde hield me wakker. Ik wachtte echter voor niets, niet één schim verstoorde de nachtelijke duisternis, niet één geluid verbrak de stilte. De volgende twee nachten verliepen al even rustig: niemand liet zich zien en met een gemak, dat gezien de omstandigheden des te verbazingwekkender was, vergat ik mijn vreemde bezoeker bijna helemaal. De zeldzame pogingen die ik deed om hem weer voor de geest te halen, bezorgden me haast een ziekelijk gevoel, zo koppig weigerde het geheugen de onaangename, drukkende beelden weer op te roepen. Na deze nacht sliep ik weer vast en rustig, zoals altijd.

Op zaterdag (Norden was er weer niet, hij zat in de stad) bracht ik de hele dag in zijn schitterende bibliotheek door, bekeek daar zijn kostbare, buitenlandse kunstboeken en bedacht me met enige spijt dat mijn esthetische ontwikkeling te wensen overliet. Omdat ik zo in beslag genomen was door de vraag hoe ik deze achterstand kon overwinnen en waar ik het geld ervoor vandaan moest halen, was ik de tijd helemaal vergeten. Toen ik op de klok keek die in de bibliotheek stond en nooit sloeg, bleek het al even over elven te zijn, terwijl ik om die tijd meestal al in bed lag. Gehaast verzamelde ik mijn aantekeningen en wierp toevallig een blik uit het raam: daar stond hij met zijn borst boven de vensterbank uit en keek de kamer in. Van schrik liet ik mijn aantekeningen vallen. Ik bukte me om ze op te rapen, in de hoop dat wanneer ik weer uit het raam zou kijken, hij verdwenen zou zijn... Die hoop was ijdel.

Bij het licht van de lamp dat naar buiten viel, kon ik zijn gezicht nu vrij goed zien: het stond kalm en zelfs onverschillig, op zich was het niet angstaanjagend. Hij zag er uit als een man van ongeveer vijfendertig jaar, zijn gelaatstrekken waren fors en regelmatig, hij had geen baard of snor, zijn gezicht glansde zelfs alsof het net met veel zorg was geschoren. Alleen zijn ogen kon ik niet goed onderscheiden. Er viel licht op, zoals ook op de rest van zijn gestalte. Hierdoor kon ik ze wel zien, maar zijn blik die recht op mij gericht was, maakte het moeilijk hun uitdrukking te bestuderen Wat zijn blik precies uitdrukte, kan ik niet zeggen: deze was strak, star en gaf me het gevoel dat ik lichamelijk werd aangeraakt en die aanraking leek me vreselijk. Hoelang stond hij hier al naar mij te kijken? Die gedachte werkte op mijn ijdelheid en zorgde er voor dat ik mijn kracht hervond. Hij kwam nu op me over als een gewoon onbeschaamde kerel en toen ik een stap in de richting van het raam had gedaan, riep ik hem op dreigende toon iets toe. Maar net als toen, bij het venster van mijn kamer, draaide hij zich langzaam om en liep weg om meteen in het nachtelijke duister te verdwijnen.

Ik begon te lachen en terwijl ik geagiteerd door de kamer liep, herhaalde ik enkele malen op luide toon:

'Wat een smeerlap! Nee, werkelijk, wat een smeerlap!'

Ik wond me steeds meer op en had al besloten om ondanks het late uur de bediende Ivan en de werklieden wakker te maken en de tuin te laten doorzoeken, toen een nuchtere gedachte mijn razernij en die onzinnige plannen een halt toeriep: plotseling herinnerde ik me dat de bibliotheek zich op de eerste etage bevond!

Die avond - de zaterdag, in de bibliotheek - vormde het begin van een wilde, absurde, maar tegelijkertijd niet aflatende, systematische vervolging. Ik kan de dagen en de data niet meer precies voor de geest halen, maar er sprak een zekere doordachtheid, zelfs omzichtigheid uit het feit dat hij me langzaam en geleidelijk had benaderd, zich voor steeds weer nieuwe ramen en op nieuwe uren van de dag liet zien en mij met een merkwaardige vasthoudendheid bleef volgen. Anderhalve week lang ongeveer was hij alleen 's nachts verschenen, daarna vertoonde hij zich 's avonds en vervolgens tijdens de schemering, of liever, vanaf het moment waarop het begon te schemeren, want tot één bezoek in het etmaal beperkte hij zich al lang niet meer.

Ja, kon je dat eigenlijk wel bezoek noemen, die zwijgzame verschijningen nu eens achter het ene, dan weer achter het andere raam waar ik direct weer naar toe snelde in een poging om we van die opdringerige bezoeker te ontdoen? Ik herinner me hoe ik een keer van de ene kant van de kamer naar de andere liep om tot mijn verbazing te moeten constateren dat hij daar al stond en dus kans had gezien de aanzienlijke afstand rond het huis in minder dan enkele seconden af te leggen.

Geen van de huisgenoten scheen iets te vermoeden, het leven volgde zijn droef-kille ritme, gevangen in een diep stilzwijgen dat slechts af en toe werd verbroken door Nordens krampachtige en onzinnige joligheid. Waarom werd er nooit hardop gehuild in dit huis, waarom waren de kinderen nooit nukkig? Een keer slechts, toen ik van Volodja's les naar mijn kamer terugkeerde, hoorde ik ergens dichtbij het door tranen verstikte stemmetje van de jongste: dat was zo ongebruikelijk en onverenigbaar met de gewoontes van het huis, dat ik bleef staan en behoedzaam de deur opendeed waarachter het meisje zich moest bevinden. Tot mijn verbazing ontbraken Miss Mull en haar oudste pupil, in de kamer was niemand te zien behalve de allerjongste die in een hoek met haar gezicht naar de muur stond en in hoog tempo iets op drenzerige toon fluisterde. In haar ene handje hield ze een pop die met willoos bungelende beentjes, verward haar en één oog achterover hing, terwijl ze haar andere handje steeds naar haar ogen bracht om haar tranen op een haast mechanische manier te drogen en ze almaar doorging met fluisteren. Toen ze mijn stem hoorde, werd ze stil, maar ze draaide zich niet om en trok met een voorzichtige beweging de pop naar zich toe om hem achter haar lichaam te verbergen.

'Heeft Miss Mull je straf gegeven?' vroeg ik me naar haar vooroverbuigend, maar ik durfde haar niet naar me toe te draaien, zo onstuitbaar en enorm kwam het verdriet van de kleinste op me over. Ik moest mijn vraag drie, vier keer herhalen, voor ik het antwoord hoorde:

'Nee, ik zelf.'

'Zal ik je eens optillen? Ik zal je door de kamer dragen.' Er volgde geen antwoord, ondertussen gleed de pop weer langzaam op de grond. De gestalte van het meisje, haar smalle en ronde schoudertjes, de blonde krullen in haar nek, verraadden haar aarzeling. Ik strekte mijn handen al uit, toen ergens een paar kamers verder Nordens luide lach weerklonk. Ik liet het meisje alleen en liep de kamer uit, vastbesloten om ontslag te nemen en bij Norden weg te gaan.

## V

Natuurlijk had ik moeten weggaan. Alle argumenten die mijn verstand wist op te brengen, pleitten voor een zo snel mogelijk, zelfs direct vertrek, misschien wel diezelfde dag nog, op hetzelfde ogenblik waarop die heilzame gedachte in mij was opgekomen. Maar een kracht die sterker was dan de temerige en futloze stem van het verstand, ketende mij vast aan deze locatie, beheerste mijn wilskracht en voerde mij steeds dieper mee in een spiraal van mysterieuze en sombere gewaarwordingen: verdriet en angst hebben zo hun bekoring en de macht van duistere krachten is groot over een ziel die nooit vreugde heeft gekend. Ik weet niet of ik werkelijk zo dacht of eigenlijk op zoek was naar valse uitvluchten, maar ik verwierp het idee om te vertrekken bijna zonder aarzeling en bleef om nog meer te moeten lijden.

Mogelijk dat ik ook niet vertrok vanwege het schitterende, zonnige en kalme weer dat toen net aanbrak. De nachtelijke nevel liet op de bomen en de telegraafleidingen een laagje rijp achter, en deed elk dun takje of twijgje veranderen in de witte, pluizige loot van een zeldzaam prachtige plant. De tuin, die kaal was geworden in de herfst, leek weer dicht te zijn gegroeid, alsof hij met nieuw wit gebladerte was bedekt. De schaduwen op de kruinen waren zo zwak dat het leek alsof de bomen ineenvloeiden en de takken in een zilveren, verstilde kluwen veranderden die het menselijk oog nooit zou kunnen ontwarren. Maar keek je nog een keer, dan maakte alles zich los, elk twijgje zweefde in een zee van blauwe lucht, terwijl te midden van de witte, dikke en zachte takken van één boom zich alle lucht van de hele wereld verzameld leek te hebben. Het was een prachtig en ongewoon gezicht. En wanneer dan de geel-roze zonnestralen zich met dit onbeweeglijke schouwspel vermengden, wanneer ze zachtjes uitdoofden en weer opflakkerden om ergens verloren te gaan in de verste uitlopers van de rijp, dan drong zich een welhaast pijnlijke sensatie van schoonheid aan ogen en ziel op.

Hij liet zich niet zien gedurende deze dagen, Norden zelf was met zijn gelach en zijn moppen in de stad. Nu hij ontbrak, was er niemand die voor een beetje leven in de brouwerij kon zorgen, waardoor het gevoel van stilte zo sterk was dat het leek alsof aan alle beroering, alle geschreeuw en stemgeluid op de hele wereld een einde was gekomen. Op die stille en gelukkige momenten dacht ik helemaal niet meer aan de verschrikkingen van het nachtelijk uur wanneer de aarde niet meer was zoals ik haar kende, wanneer het eveneens de stilte was die heerste. Elke morgen bond ik mijn ski's onder en begaf me naar de oever van de verstilde zee, naar de grafheuvel en keek daar naar de grote en diepe letters die in de sneeuw waren aangebracht en de naam *Jelena* vormden.

Als ik huiswaarts keerde, hield ik mijn blik weliswaar discreet, maar toch onophoudelijk op de ramen gericht waarachter de onzichtbare mevrouw Norden moest wegkwijnen, in de hoop dat ik op een dag, al was het maar vluchtig, haar jonge en bleke gelaat te zien zou krijgen. Maar er vertoonde zich niemand voor het raam zodat je kon denken dat er ook niemand woonde, en dat er helemaal geen mevrouw Norden bestond - een geheimzinnige vrouw met een bleek gezicht over wie men het zwijgen deed - net zo min als een zekere *Jelena*. Er werd niet over haar gepraat, maar toch bracht men elke dag de kinderen naar haar toe en af en toe - héél af en toe weliswaar - hoorde ik vanuit mijn kamer hoe er in de bodenkamer een aarzelend en zwak belletje weerklonk dat driemaal werd herhaald en niet leek op het bellen van een andere bewoner: dat betekende dat zij wat nodig had. Het werd me vreemd te moede bij de gedachte dat de deur van haar kamer net zo openging als iedere andere deur, dat er bij het binnentreden van het dienstmeisje iemand zou opstaan, namelijk zij, dat ze iets met haar zachte stem zou zeggen, ergens om zou vragen en haar bleke gezicht zou laten zien. Dat dienstmeisje liet het natuurlijk allemaal koud, ze sprak haar aan met 'mevrouw' en kon niets over haar vertellen. Kon niet of wilde niet?

Op vijftien december keerde Norden terug uit de stad en snel daarna sloeg het weer om. De dagen werden donkerder, in dikke vlokken viel een bijna grijze sneeuw neer die de naam *Jelena* onder een koude en dichte sluier bedekte. Tegelijk met het slechte weer keerde hij terug. Mijn verhouding met de onuitstaanbare bezoeker ging een nieuwe fase in.

Op zondag negentien december, na het ontbijt, toen iedereen de eetkamer reeds had verlaten en ik met Volodja voor het raam naar de vallende sneeuw in de tuin stond te kijken, liet hij zich weer zien. Het was voor het eerst dat hij zich overdag vertoonde en er anderen bij waren. Hij stond op zo'n twee passen afstand van het glas, op zijn zwarte bolhoed en zijn schouders lag sneeuw. Ik zag duidelijk twee of drie sneeuwsterretjes die zachtjes op zijn donkere jas neerdaalden en daar rustig bleven liggen. Maar mijn aandacht ging vooral uit naar Volodja: zijn ogen knepen zich samen en kregen een gefixeerde uitdrukking alsof hij een voorwerp van dichtbij bekeek. Ongetwijfeld zag Volodja hetzelfde als ik. Sterker nog: toen de onbekende zich na enkele seconden omdraaide en zich verwijderde, deed Volodja een stap naar voren om hem langer te kunnen nakijken. Opgewonden draaide ik het jongetje naar me toe en vroeg op strenge toon:

'Hebt je hem gezien?'

Op de bedaarde toon van een volwassene loog hij:

'Ik begrijp niet over wie U het hebt. Ik zie niets behalve de vallende sneeuw. Ziet U dan nog iets anders?'

'Ja.'

'Wat ziet U dan?'

Ik wist dat hij die leugen zou blijven volhouden en gaf mijn poging om via hem iets te weten te komen op. De volgende dag deed zich precies hetzelfde geval voor, alleen stond ik nu niet voor het raam met Volodja, maar met zijn niet minder leugenachtige vader, waarbij hij net zo openlijk even bleef staan, zich daarop verwijderde en om de hoek verdween. En net als Volodja, volgde Norden hem met zijn blik.

'Wat zegt U daar van?' zei ik en begon wat geforceerd te lachen.

'Het doet me deugt dat U eindelijk wat vrolijker bent, maar wat is er aan de hand?' vroeg Norden met een gezichtsuitdrukking van oprechte verbazing en raakte mijn schouder even voorzichtig aan.

Hij had hem gezien, hij had hem gezien. Dat weet ik zeker!

'Heeft U niets gezien?'

'Nee.'

'Dat is niet waar. Uw antwoord alleen al maakt duidelijk dat U iets gezien moet hebben. Wat heeft dit te betekenen?'

Hij keek me doordringend aan en zonder te glimlachen. Bevangen door een gevoel van afschuwelijke hulpeloosheid, van wanhoop bijna, riep ik onzinnig:

'Ik zal een klacht indienen!'

'Een klacht indienen?'

Natuurlijk was hij er weer als de kippen bij om mijn kinderlijke uitval uit te buiten. Zijn gezicht nam plotseling een andere uitdrukking aan, het stond nu aandachtig en tegelijkertijd straalde het een soort zoetelijke minzaamheid uit. Terwijl hij me zowat omhelsde - nog eventjes, leek het, en hij zou me met kussen overladen - vroeg hij me honderduit naar de reden van mijn ontsteltenis.

'Heeft iemand U onheus bejegend? Een bediende wellicht? Dat kan ik niet toelaten in mijn huis! Noemt U de naam van de schuldige en ik zal direct... o, in zulke gevallen is strengheid een teken van beschaving! Is het wat anders? Maar dan verveelt U zich waarschijnlijk, ja, ontkent U het maar niet, ik weet wel waar de schoen wrikt. Ook ik ben jong geweest... Ach, ach, de jeugd!'

Zo kletste hij nog enige tijd door waarbij het niet duidelijk was of hij een loopje met me nam of dat hij zelf zijn ongerustheid wilde verjagen. Soms kregen zijn nadrukkelijke verzoeken om toch vooral vrolijk te zijn en ter plekke in lachen uit te barsten, het karakter van een dreigement. Uiteindelijk kwam hij met een plan op te proppen om een 'knotsgekke, mieters goeie' kerstboom te versieren, iets waarmee we morgenochtend direct zouden beginnen. Hij zou nu meteen een boom bestellen, een bijzondere, een kolossale boom. Er moest direct een lijst worden opgesteld met de benodigde boodschappen, meteen zou er iemand naar de stad gaan...

Op deze absurde manier kwam er een einde aan ons gesprek En terwijl de duisternis zich boven mij sloot, stonden de daarop volgende dagen in het teken van een geforceerd-vrolijke opwinding, een uitgelaten en lawaaierig in-de-weer-zijn voor iets volstrekt overbodigs, werden

er onophoudelijk grapjes gemaakt die niemand amuseer-
den en daverde er een bulderend gelach door het huis alsof er iemand in wanhoop kleding aan stukken scheurde.
Er werd een boom bezorgd, inderdaad een reusachtige
spar die de kamer vulde met de kruidige, hars- en begra-
fenisgeur van zijn naalden. Er werden kaarsjes in de boom
gezet die bij wijze van proef werden aangestoken en weer
gedoofd. Ook ik was met Miss Mull en de kinderen in de
weer. Ik klom op een ladder, die Norden eigenhandig vast-
hield, en bracht wat engelenhaar aan op de stugge, prik-
kende takken. Daarna werd er gedanst, we voerden wat
ingewikkelde rituelen uit en zongen kerstliedjes, waarbij
de onzichtbare muzikante ons op de piano begeleidde.

'S Nachts gebeurde het volgende. Het gesprek met
Norden, of liever, de stommiteit die ik zelfs had begaan,
zat me nog zo dwars dat ik direct het besluit nam om, met
nieuwe kracht, de zaak niet op zijn beloop te laten, maar
iets resoluuts te ondernemen. En net als die ene nacht,
ging ik naar bed zonder me uit te kleden en wachtte vol
ongeduld op het moment waarop ik zijn aanwezigheid
achter het gordijn zou voelen. Aan een onverdraaglijke
opwinding ten prooi, was ik deze keer bereid om mijn
merkwaardige en onbarmhartige vervolger zelf te roepen.

Hij talmde echter en het was al rond een uur of één
toen een vertrouwd en mij nimmer misleidend gevoel
me zei dat hij er stond. Ik liep snel naar het venster en
trok het gordijn opzij: ja, hij was gekomen. Vol haat en
razernij wierp ik een blik op het donkere silhouet met
de brede schouders en het hoofd dat in de duisternis om
een of andere reden vrij klein leek. Ik hief mijn vinger
vermanend op en draaide me om en ook hij wendde zich
van het venster af. Snel, maar behoedzaam en geruisloos,
liep ik op de tast twee donkere kamers door totdat een

uitgesproken bontgeur me zei dat ik reeds in de vestibule moest zijn. Ik streek een lucifer af die meteen weer uitging en ik opende de deur naar de koude, glazen entrée die de vestibule van de voordeur scheidde. De koude, ijzeren grendel deed haast pijn aan mijn hand en omdat ik geen mogelijkheid zag nog een lucifer aan te steken, was ik er in het donker vrij lang mee bezig. Toen ik de deur eindelijk openzwaaide en resoluut de duisternis instapte, botste ik bijna tegen hem op. Hij stond op het kleine, onderge-sneeuwde, stenen bordes op niet meer dan één pas afstand van mij. Hij maakte geen beweging en zweeg. Zijn donkere gezicht was naar mij gericht. Hij was iets langer dan ik. Ik weet niet hoelang we zo tegenover elkaar hebben gestaan. Hij deed geen poging om naar binnen te gaan, hij verroerde zich niet, maar mijn afgrijzen groeide met elke seconde. En nadat ik voorzichtig een stap terug had gedaan, begon ik de deur met een onzinnige, maar, naar het me op dat moment toescheen, noodzakelijke hoffelijk-heid te sluiten. Toen ik de deur had gesloten en de grendel er snel voor schoof, had ik de indruk dat hij de deurkruk zwakjes naar zich toetrok, maar dat is ongetwijfeld mijn verbeelding geweest.

In de donkere vestibule was het warm en behaaglijk en opnieuw rook ik de sterke bontgeur van winterkleding. Rillend begaf ik me naar mijn kamer.

## VI

Toen had ik mijn verstand nog niet verloren. De vol-gende morgen, na een lange, doffe nacht, begon ik de gebeurtenissen te overdenken. Ik herinner me nog goed dat ik die morgen zeer ernstig was, zeer kalm en dat mijn hoofd even helder stond als dat van ieder ander kerngezond en evenwichtig mens. Om te voorkomen dat ik in mijn overpeinzingen zou worden gestoord, zag ik onder het voorwendsel van een lichte ongesteldheid af van verdere deelname aan de nog steeds niet voltooide versiering van de kerstboom en ging een eindje lopen langs de brede, geëgaliseerde weg die naar het station voerde. Het vroor en de lucht was betrokken.

Uit boeken en verhalen van oude mensen wist ik, net als iedereen, dat eenzame en ongelukkige mensen, die door een plotseling verdriet worden getroffen of een misdaad hebben gepleegd, fantastische visioenen kunnen krijgen. Maar ik had niets op mijn kerfstok en evenmin was ik getroffen door een rampspoed en wat nog wel het meest absurde en ongerijmde was: er bestond geen enkele relatie tussen mij en dat prozaïsche en tegelijkertijd ongewone heerschap met zijn bolhoedje dat door de lucht zweefde, de wacht hield bij mijn raam en zo'n opdringerige en raadselachtige liefde voor mij had opgevat. Wat moest hij van mij? Ik was alleen maar de huisleraar in dit gezin, ik wist niets van de treurige dwaling of van de bittere waarheid omtrent een mogelijke misdaad, die zijn schaduw op deze voor mij vreemde mensen en vreemde locatie wierp. En ik was volledig gezond, elke dag kwam ik aan, het was allemaal zo absurd dat ik er niet eens mee naar een psychiater zou kunnen gaan. Wat moest hij toch van mij? Ik was alleen maar de huisleraar.

Een paar keer herhaalde ik hardop - op de weg was niemand te zien - deze zin als een bezweringsformule: 'ik ben alleen maar de huisleraar in dit gezin'. En dat klonk zo overtuigend en helder dat ik even de aandrang voelde om met de verschijning te praten en hem uit te leggen dat hij zich vergiste, dat ik alleen maar de huisleraar was. Maar wie praat er nu tegen een verschijning, kun je die ergens van overtuigen? Wat een onzin!

Ik vervolgde mijn weg en zette mijn krampachtige gepeins voort totdat ik merkte dat mijn gedachten zich volgens steeds hetzelfde patroon herhaalden en een soort cirkel beschreven als een paard in de ring, en dat deze cirkel zich sloot op steeds dezelfde plaats, met steeds hetzelfde woord: onzin. Ik moest deze cirkelbeweging zien te doorbreken, mijn gedachten moesten een andere wending nemen, maar hoe? Ik wist het niet. En opnieuw volgde ik de cirkel, ik liep niet, maar rende langs de gesloten lijn om bij het beginpunt terug te keren, vervolgens weer vooruit te snellen en zo al mijn hoop en kracht te verliezen. Toen voelde ik hoe een onverdraaglijk afgrijzen in me op kwam zetten. Niet vanwege de verschijning, deze leek me op een of andere manier niet meer zo belangrijk, maar door de gedachte wat er zich wel niet allemaal in het arme menselijke hoofd kan afspelen. Ik herinner me dat ik het bijna uitschreeuwde, me omdraaide en vlug naar huis liep: zelfs dat kwam me nu als een thuis voor naast het spook van de leegte dat aan mijn bewustzijn was verschenen.

Thuis ademde alles vrolijkheid en warmte. En er was nog iets wat helemaal een feeststemming in me losmaakte: afgezien van mij bleken er nog twee studenten te zijn die voor de kerstdagen waren uitgenodigd, neven van Norden, twee zeer aardige en hoffelijke jonge mannen die sterk op elkaar leken. Samen met Norden waren ze druk in de weer met de kerstboom, ze legden de laatste hand aan de versiering. Ook de kinderen waren present en boven weerklonk muziek die me deze keer oprecht vrolijk in de oren klonk. Mevrouw Norden speelde de nieuwe dansmuziek die de twee studenten hadden meegenomen. Ik herinner me dat ik met de studenten uit wandelen ging,

dat we bij het avondeten wijn dronken en ergens vreselijk om moesten lachen, en dat we 's avonds echt hebben
gedanst, aangezien er een dikke dame was gearriveerd
met in haar kielzog haar dochters, twee zeer vrolijke en
aardige jonge meisjes. Een beetje vooruitlopend op de
verdere ontwikkelingen, kan ik melden dat er gedurende
de daarop volgende dagen nog veel gasten aankwamen,
allemaal vriendelijke en beminnelijke mensen. En het was
verbazingwekkend dat ons huis, hoe groot ook, plaats
bood aan zoveel mensen die zich 's nachts in hun kamers
terugtrokken. Wie deze mensen waren, kan ik niet zeggen. Ik moet trouwens sowieso op een curieus trekje in
mijn geheugen wijzen: ik kan me niet één gezicht herinneren, jong noch oud. De kleding herinner ik me heel
goed, zowel van mannen als van vrouwen, zwart en bont
gekleurd, ik zie nog heel duidelijk een generaalskostuum
voor me, maar ik kan me daar onmogelijk een gezicht bij
voor de geest te halen, alsof het niet aan een echt, levend
persoon toebehoorde, maar het uithangbord van een
kleermaker was.

Terug naar de dag waarop de studenten en de dikke dame met haar dochters arriveerden. Na de wijn en
het dansen, waaraan ik vol overgave had deelgenomen
en iedereen met mijn onhandigheid aan het lachen had
gemaakt, draaide het me voor de ogen. Toen iedereen
zich voor de nacht had teruggetrokken en ik mijn kamer
betrad, viel ik zonder me uit te kleden op het bed neer
en sliep direct in. Na een uur of twee, drie werd ik midden in de nacht wakker: ik had dorst, maar er was nog
iets anders, een onrustig, dwingend gevoel dat me deed
ontwaken en opstaan. Het was doodstil in het slapende
huis en voor het venster, waarvan ik was vergeten het gordijn dicht te doen, stond hij. Ik herinner me dat ik mijn

schouders ophaalde en kalm, maar zonder mijn blik van het venster af te wenden, achter elkaar twee glazen water inschonk en leegdronk. Hij ging niet weg. En terwijl ik een ijzige koude over me voelde komen, alsof het raam openstond en het nachtelijke duister en de vorst erdoor naar binnendrongen, maakte ik, de dansavond van zoëven al weer helemaal vergeten en nu ten prooi aan een gevoel van drieste onderwerping en weemoed, een gebaar naar hem in de richting van de deur en begaf me net als gisteren in het donker naar de uitgang. Net als gisteren rook het in de hal naar bont en voelde de ijzeren grendel waar mijn trillende handen lange tijd geen vat op konden krijgen, koud aan. En opnieuw, net als gisteren, stond hij op het bordes zwijgend te wachten. Ook ik zweeg en wachtte, terwijl ik om een of andere reden zeer aandacht naar het verre en eenzame geblaf van een hond luisterde, het enige levende geluid dat de stilte van de nacht doorbrak. Ik weet niet hoeveel tijd er verstreken was, toen hij ineens naar binnenliep en daarbij hard tegen mijn schouder aanstootte. Ik ging achter hem aan en zag heel even, toen hij de deur van de hal naar de kamers opendeed, zijn donkere silhouet dat in het verre raam werd weerspiegeld. En het verbaasde me niet in het minst dat hij mijn kamer binnenging, juist mijn kamer. Ook ik ging naar binnen en deed de deur zoals gewoonlijk dicht, maar ik ging niet verder de kamer in. Het was pikdonker, ik wist niet waar hij zich bevond en zou zo tegen hem op kunnen lopen. Pas toen er behoorlijk wat tijd was verstreken en mijn ogen aan het duister waren gewend, ontdekte ik een donkere, hoge en onbeweeglijke vlek bij de muur. Als ik niet had geweten dat de muur op die plaats leeg was, dan had ik die vlek voor een meubel of een hoop neerhangende kleding kunnen aanzien. Ik hoorde geen ademhaling.

Er ging zoveel tijd voorbij en zijn onbeweeglijkheid was zo onverstoorbaar, dat ik al begon te twijfelen en na enkele stappen vooruit te hebben gedaan, de vlek met ver uitgestrekte hand voorzichtig beroerde: één ogenblik voelden mijn vingers de aanraking van stof en iets hards daarachter, een schouder of een arm. Ik trok mijn hand terug en bleef weer enige tijd staan zonder te weten wat ik nu verder moest doen. Uiteindelijk overwon ik de droogte in mijn keel en vroeg op luide, hoewel hese toon:

'Wat wilt U? Ik ben alleen maar de huisleraar in dit gezin.'

Hij zweeg echter en het kwam me nu zelfs komisch voor dat ik hem met 'U' had aangesproken. Desalniettemin maakte ik uit zijn zwijgen op dat ik in bed moest kruipen en dat deed ik. Onder zijn blik, die ik in het duister niet kon zien, maar wel vermoedde, kleedde ik me langzaam uit en ging op mijn bed zitten. Het gekraak dat mijn bewegingen veroorzaakte, bracht me om onduidelijk redenen in grote verlegenheid. En toen ik al onder de koude deken kroop, bedacht ik me nog dat ik vergeten was mijn schoenen op de gang te zetten, maar ik besloot dat dat nu allemaal niets meer uitmaakte. Ik ging op mijn rug liggen, mijn gezicht naar het plafond gericht, een andere positie leek me onbeleefd. Direct daarop schoof hij me voorzichtig naar de muur, ging op de rand van mijn bed zitten en legde zijn hand op mijn hoofd.

De hand was koud en erg zwaar. Onder haar druk voelde ik hoe ik slaperig werd en hoe een intens verdriet zich aan mij begon op te dringen. Ik heb in mijn leven veel tegenslagen gekend, ik heb mijn geliefde vader voor mijn ogen zien sterven en meer dan eens heb ik gedacht dat mijn hart het ondanks mijn jeugdige leeftijd zou begeven van pijn en verdriet, maar zo'n intense weemoed als deze koude, zware hand in mij losmaakte, zou ik me vóór deze nacht nooit hebben kunnen voorstellen. Ik voelde meteen hoe ik begon in te slapen, maar vreemd genoeg streden de slaap en het verdriet niet met elkaar. Integendeel, als één stroomden ze in mij binnen en verspreidden zich snel vanaf mijn hoofd over mijn hele lichaam, drongen tot in het diepste ervan door en werden mijn bloed, mijn vingers, mijn borst. Ik was me nog bewust van het moment waarop de zwaarmoedigheid en de slaap mijn hart bereikten, maar daarna loste alles zich op - het bewustzijn, de angst en de fragmentarische gedachten aan wat er met me gebeurde - alles loste zich op in een gevoel van volledig en alles uitputtend verdriet. Alle beelden, alle gedachten en herinneringen doofden uit, mijn jeugd was nu voorbij. Alle verlangens verbleekten, het leven zelf verloor zijn glans en het werd me zo zwaar te moede, ik werd door zo'n tergend gevoel van weemoed overvallen, dat de woorden en metaforen van onze taal hier voor te kort schieten. Ik vond het al niet meer verbazingwekkend dat hij naast me zat en zijn vreselijke hand op mijn voorhoofd hield. En terwijl ik deze dodelijke smart onbeweeglijk onderging, deze smart die alle grenzen van de beperkte werkelijkheid te boven ging, zakte ik langzaam weg in een droomloze slaap.

's Morgens werd ik op de gebruikelijke tijd wakker. In de kamer was niemand te zien, alles stond op zijn plaats. Een rozerode winterzon scheen door het raam naar binnen. Ik voelde me niet goed en niet slecht, eerder leeg en futloos, en toen ik in de spiegel keek zag ik daar mijn eigen, volstrekt niet veranderde, grijze en onaantrekkelijke gezicht, het gezicht van iemand die vaak honger heeft geleden en die nooit een vriendschappelijke arm op zijn schouder voelt rusten. Alles was als gebruikelijk, maar één ding wist ik zeker: er was iets veranderd in deze wereld en de vroegere wereld, die van gisteren, zou nooit terugkeren. Direct, nog voordat ik de kamer was uitgegaan, deed ik een interessante waarneming die een soort doffe blijdschap in mij losmaakte: van de angst die ik net nog had gevoeld voor de raadselachtige spookverschijning en die mij de hele tijd had gekweld, was nu geen spoor meer over. En toen ik de eetkamer betrad, waar de gasten zich reeds hadden verzameld en Norden onder algemeen gelach zijn moppen ten beste gaf, voelde ik een onoverkomelijke afkeer tegenover al deze mensen. De afkeer was zo sterk dat ik tijdens de begroeting bij elke nieuwe handdruk een puur-lichamelijke gewaarwording van misselijkheid in mijn keel voelde opkomen. Dit gevoel werd in de loop van de rumoerige en afwisselende dag weliswaar minder sterk om uiteindelijk bijna helemaal te verdwijnen, maar de daarop volgende ochtenden begonnen voor mij steeds met een kwellend misselijk gevoel dat op de stevige handdruk van iedere onbekende volgde.

## VII

Nog diezelfde morgen, toen we terug waren gekeerd van een wandeling en onder aanvoering van Norden een sneeuwballengevecht hadden gehouden, trok ik me voor korte tijd in mijn kamer terug om een brief te schrijven aan een studiegenoot die in de stad woonde. Vrienden heb ik nooit gehad en deze student vormde geen uitzondering, maar in ieder geval deed hij wat aardiger tegen mij dan de anderen. Het was een goedhartige, vriendelijke jongen die altijd bereid was om te helpen. De inhoud en de emotionele strekking van de brief kwamen er op neer dat ik in groot gevaar verkeerde en dat deze bekende mij moest komen redden. Maar het was allemaal in zo'n flauwe stijl uitgedrukt, het klonk zo verveeld, ja bijna onverschillig, dat het doel hoogstwaarschijnlijk ook niet zou zijn bereikt als ik de brief werkelijk had verstuurd. Maar om een of andere reden kwam het daar niet eens van en pas na lange tijd, toen ik weer genezen was, vond ik hem dichtgeplakt en zonder adres terug in mijn jasje. Misschien dat ik het adres toen was vergeten? Ik weet het niet. Een datum op de brief ontbreekt. Dit staat er geschreven: 'Beste M.I., Als U het niet al te druk hebt, komt U dan hierheen. Er speelt hier iets en ik moet hier weg'. Dan volgt mijn hand-tekening.

Ik moet concluderen dat juist op die dag het vreem-de defect in mijn geheugen en soms het volledige verlies ervan, moet zijn begonnen. Als gevolg daarvan is de laatste periode van mijn verblijf bij Norden me frag-mentarisch en chaotisch bijgebleven. Ik zei reeds dat ik me geen enkel gezicht kon herinneren van Nordens vele gasten, maar alleen maar kleren zonder een hoofd daarboven. Alsof het geen mensen waren, maar er een klerenkast was opengezwaaid die vervolgens tot leven was gekomen en was gaan dansen. Ik moet er echter aan toevoegen dat ik me ook helemaal geen gesprekken meer herinner, geen enkel woord, alhoewel ik zeker weet dat ik met iedereen uitgebreid heb gesproken, veel pret heb gemaakt en heb gelachen. Ik heb werkelijk geen benul meer van data en tot op de dag van vandaag weet ik niet hoeveel tijd, hoeveel dagen en nachten er zijn verstreken vanaf het moment waarop ik het huis heb verlaten. Soms schijnt het me toe dat er minstens enke-le weken moeten zijn verstreken, en soms dat het niet meer dan twee à drie dagen kunnen zijn. Tegelijkertijd herinner ik me heel duidelijk afzonderlijke details, veel van wat ik toen dacht en voelde. Het overheersende gevoel dat me van die tijd is bijgebleven is er dan ook niet een van geheugenverlies, maar, integendeel, van een sterk geheugen en van een volstrekt helder bewustzijn: alsof ik nu pas, na mijn ziekte, alles ben vergeten wat er toen is gebeurd, maar dat ik me toen alles herinnerde en me overal van bewust was.

Wat ik ten eerste niet kan vergeten zijn de nachten waarop hij verscheen en zijn koude, zware hand op mijn voorhoofd legde. Deze bezoeken gingen tot de orde van mijn leven behoren en deden zich steeds onder dezelfde omstandigheden voor: 's avonds, wanneer de gasten hun kamer hadden opgezocht, viel ik nog aangekleed neer op mijn bed en sliep enkele uren. Daarna liep ik in het donker naar de vestibule, deed de buitendeur open om hem binnen te laten die daar reeds op het bordes stond te wachten. Daarna begaven we ons naar mijn kamer, ik kleedde me uit en ging op mijn rug onder de koude dekens liggen. Hij kwam naast me zitten en legde zijn hand op mijn voorhoofd. Ik voelde me dan slaperig worden, terwijl een intens verdriet zich aan mij begon op te dringen. Mijn angst voor de onbekende was volledig verdwenen. Ik deed weliswaar nooit een poging om hem aan te raken of met hem te praten, maar dat was niet omdat ik bang voor hem was. Dat kwam eerder voort uit een gevoel dat elk woord overbodig was. Alles gebeurde op zo'n rustige en vanzelfsprekende wijze, alsof hij helemaal niet een groot kwaad en mijn dood belichaamde, maar een gewone, onberispelijke en zwijgzame arts was die een al even onberispelijke en zwijgzame patiënt bezocht. Het verdriet was desalniettemin vreselijk.

Daarna begon dan de korte, duistere morgen, gevolgd door een lange, rumoerige, chaotische en, voor zover ik het kan beoordelen, doldrieste avond. In hoog tempo volgden ze elkaar op. Ik weet niet wat er met de kerstboom gebeurde, maar hij brandde elke avond weer feller, stortte een zee van licht uit over het plafond en de muren, en wierp door het raam hele bundels van oogverblindend vuur. En de godganse dag, van 's morgens vroeg tot 's avonds laat, weerklonken Nordens onophoudelijke lachsalvo's en zijn opzwepende uitroep:

'Tanzieren! Tanzieren!'

Andere stemmen kan ik me niet herinneren, maar deze kreet weerklinkt ook nu nog in mijn oren, achtervolgt me in mijn slaap, dringt door tot in het diepste van mijn gedachten om hun plaats daar in te nemen. De muziek, het gelach, het gestamp en al het lawaai overstemmend dat mensen voortbrengen die voor een avondje vertier bijeen zijn, drong zijn schelle papegaaienstem tot in de verste uithoeken door en kreeg allengs een onuitstaanbaar karakter. Soms klonk Norden opgewekt en stak hij vol scherts, maar vaak kreeg zijn stem een hese en bijna intimiderende klank. Af en toe leek het wel alsof hij zelf uitgeput was, maar niet meer kon ophouden, terwijl hij dreigend en bijna met tranen in zijn ogen riep:

'Tanzieren! Tanzieren!'

Eén zo'n geval staat me nog helder voor de geest. Ik weet niet waarom de muziek boven ineens ophield en er een voor die tijd ongewone stilte intrad. Evenmin kan ik me herinneren wat de gasten deden die zich allemaal hadden verzameld bij de door de kerstboom verlichte muur. Waarschijnlijk lette ik gewoon niet op hen. Ik zie alleen nog Norden voor me. Hij moet dronken zijn geweest, omdat zijn baard en zijn haar verward waren en zijn gezicht een verwilderde, vreemde uitdrukking had.

Hij stond in het midden van de kamer, zwaaide met zijn vuisten en riep volledig buiten zichzelf:

'Tanzieren!'

Daarbij maakt hij een dreigend gebaar. De muziek speelde daarop verder en ook het dansen ging weer door. Op die avond, denk ik, juist op die avond moet ook dat enorme, ja zelfs gigantische bal hebben plaats gevonden waarvan mij vooral het beeld is bijgebleven van een enorme menigte, dansend in een zee van licht, welke veroorzaakt leek te zijn door een brand of wel duizend pektoortsen. Het is onmogelijk dat op het bal alleen de gebruikelijke gasten van Norden aanwezig waren. Het is was zo vol dat er waarschijnlijk ook nog andere gasten waren uitgenodigd, speciaal voor deze avond, die na afloop weer zouden vertrekken. Met deze avond is voor mij een heel vreemd gevoel verbonden, het gevoel dat *Jelena* zeer dicht bij moet zijn geweest. Alsof ook zij op het bal aanwezig was. Het is zeer wel mogelijk dat er in de tuin en op de binnenplaats inderdaad pektoortsen waren ontstoken en dat ik, toevallig of bewust, juist uitkwam bij de plaats aan de oever waar de ondergesneeuwde piramide lag en daar lang aan *Jelena* heb gedacht, maar in de toestand waarin ik toen verkeerde, stelde ik het me heel anders voor. Een andere verklaring heb ik niet. En dan nog is dat alleen maar een verklaring, het gevoel van *Jelena*'s nabijheid was en blijft tot op de dag van vandaag zo overtuigend en onbetwist dat ik de waarheid omtrent wat er werkelijk is gebeurd, hier aan toeschrijf. Ik herinner me zelfs de twee stoelen waar we naast elkaar op zaten en converseerden, ik herinner me vaag iets van een gesprek, haar gezicht... Maar daar breekt alles af. En nu denk ik af en toe: als ik mijn geheugen aanspreek en me inspan, dan zal ik haar gezicht weer zien, dan hoor ik haar woorden en zal ik eindelijk dat wezenlijke bevatten wat zich toen in mijn omgeving heeft afgespeeld, maar nee, ik kan en wil deze krachtsinspanning om duistere redenen niet opbrengen. Laat het ook maar zo. *Jelena* is daarna verdwenen en niet meer teruggekeerd.

Van de gevoelens die ik toen koesterde, staat er vooral één mij nog helder voor de geest, namelijk het gevoel dat ik een gedwongen en blinde getuige was van bepaalde uiterst gewichtige gebeurtenissen die zich in mijn aanwezigheid afspeelden, de getuige van een vreselijke en bloedstollende strijd tussen voor mij onzichtbare wezens. Ik was een toevallige, een onnodige en volledig blinde getuige, maar de lucht om mij heen, waarin deze wezens zich bewogen en hun strijd uitvochten werd toch zo sterk in beroering gebracht, hun uithalen waren zo breed en machtig, dat ook ik in de maalstroom werd meegezogen. Ik denk echter niet dat Norden meer wist dan ik, en zelfs al was hij een van de acteurs, dan nog moet hij niet minder blind zijn geweest dan ik als getuige. Maar deze gevoelens en vermoedens, die niets helpen verklaren, bestonden slechts overdag: 's avonds verscheen hij weer en alles, de onrust en de vermoedens, de verlangens en de vrije wil, alles werd verzwolgen door een smartelijke zwaarmoedigheid die zich nergens mee liet vergelijken. En het feit dat deze zwaarmoedigheid zich samen met de slaap aandiende en er mee vervloeide, maakte haar onoverkomelijk en afgrijselijk. Wanneer de mens zijn verdriet in wakende toestand ondergaat, is hij nog ontvankelijk voor de stemmen en de beelden van de levende wereld, waardoor de intensiteit van de kwelling wordt doorbroken. Maar als ik insliep, scheidde de slaap me als een blinde muur van de hele wereld, zelfs mijn eigen lichaam nam ik niet meer waar. Wat overbleef, was deze volledige en onverstoorbare smart die alle grenzen van de beperkte werkelijkheid te boven ging.

Ik weet niet hoeveel dagen er verstreken waren sinds dat fantastische bal, toen Nordens nimmer verstommende kreet 'tanzieren! tanzieren!' plotseling afbrak en werd verzwolgen door een kakafonie van andere, luide en verontruste stemmen. Ook aan het dansen kwam plotseling een einde en dit werd afgelost door een nieuwe, ongeordende en massale beweging die al even treurig was als het geluid dat de stemmen voortbrachten. Het gebeurde 's nachts, rond het tijdstip waarop hij moest verschijnen. Het deed denken aan die novemberavond toen het stormde en mevrouw Norden een aanval kreeg. Ik was wakker geworden en besloot - ik weet niet waarom - om mijn kamer niet te verlaten. En onaangedaan, met de nergens op gefundeerde, maar vaste overtuiging dat hij vandaag niet zou komen, veroorloofde ik het me om me uit te kleden en weer in bed te gaan liggen. Maar de stemmen en de algehele beroering hielden nog lang aan, waarbij vooral één geluid zeer hardnekkig was: iemand rende onophoudelijk de houten trap op en af. Hij of zij rende naar boven en meteen met dezelfde haast en hetzelfde gestamp op de onbeklede traptreden, naar beneden. En weer naar boven en weer naar beneden. Normaal gesproken zou ik dit een naar geluid hebben gevonden en er natuurlijk niet van hebben kunnen slapen aangezien het op een ongeluk of iets dergelijks duidde, maar nu stond ik er niet bij stil en was zelfs opgelucht: het geluid gaf me de verzekering dat zolang er rumoer in het huis was, hij niet zou durven komen. Onverschillig en gedachtenloos, zonder verdriet ook alsof ik al niet meer leefde, sliep ik snel in, terwijl ik het zware en onrustige gestommel van vlugge voeten in mijn slaap meenam. Toen wist ik nog niet dat hij nooit meer zou komen en dat ik zijn brede schouders met het kleine, donkere hoofd nooit zou terugzien.

Toen ik 's morgens op het gebruikelijke tijdstip wakker werd, was het ongewoon stil in huis. Gewoonlijk was het leven rond die tijd al in volle gang, maar nu, na deze onrustige nacht, sliep iedereen waarschijnlijk nog, zelfs het personeel. Ik kleedde me aan, betrad de eetkamer en zag dat er op de tafel, waar we gisteren nog aan hadden gedineerd, een dode vrouw in een lijkwade lag opgebaard.

Alhoewel ik mevrouw Norden nooit had gezien, begreep ik meteen dat zij het was.

## VIII

Er waren geen kaarsen, er werden geen gebeden gelezen. Rondom heerste een onverbrekelijke stilte waardoor ik een ogenblik dacht dat niemand in huis nog van haar overlijden wist, zo eenzaam lag ze erbij op haar lijkbaar. Direct daarop begreep ik dat iedereen inderdaad nog moest slapen en dacht ik niet meer aan hen. Dat was niet omdat mijn bewustzijn me in de steek liet. Integendeel, juist op dat moment kreeg ik mijn bewustzijn helderder terug dan het ooit tevoren was geweest. Nee, ik dacht niet meer aan de mensen in mijn omgeving omdat ik hen niet meer nodig had.

Ze was jong en beeldschoon. Nee, ze was niet beeldschoon, maar ze was zoals ik haar heel mijn leven had gekend en had liefgehad. Ik had van haar gehouden zonder te weten dat ik liefhad en had haar gezocht zonder te weten wat ik zocht. Ik hoefde haar niet van de andere kant te benaderen om dat donkere moedervlekje bij haar oog te zien, ik wist ook zo wel dat het zich daar bevond. Ik hoefde haar slanke, koude, op haar borst ineen gestrengel-de vingers niet aan te raken om ze weer levend voor me te zien zoals ik ze altijd had gekend. Het was niet nodig om haar dode oogleden te openen om haar vertrouwde blik, om het levende schijnsel van haar geliefde en dierbare ogen te ontwaren. Het speet me alleen van haar kostbare en lieve vingers die zulke vrolijke, maar onbekende dans-muziek hadden moeten spelen, terwijl die ongelukkige Norden daar beneden almaar lachte en danste. Vergeef hem, hij wist niet beter. Vergeef ook mij dat ik in het zand die lege naam *Jelena* heb geschreven: ik kende je naam toen niet, en nu evenmin.

Nee, ze was niet beeldschoon en niemand zou kunnen zeggen wat ze wel was. Maar zij was degene die ik mijn hele leven had liefgehad zonder te weten dat ik lief had. Heel mijn leven had ik aan andere mensen en aan andere zaken gedacht, niet eenmaal waren mijn gedachten naar haar uitgegaan. Vandaar dat het ook één grote leugen was geweest. Heel mijn leven had ik andere gezichten gezien, andere stemmen gehoord en daarom hadden alle mensen mij onecht geleken. Alleen jou kende ik en alleen jou heb ik niet eenmaal gezien.

Ik herinner me niet meer hoe ik mijn gedachten pre-cies formuleerde, maar zo moet het ongeveer door mijn hoofd zijn geschoten toen ik voor de dode stond. Nu zou ik niet kunnen zeggen hoe oprecht de gevoelens waren die ik toen ervoer en sterker nog: ik kan me het bleke gezicht waar ik zo lang naar heb staan kijken en dat ik toen zo goed kende, niet meer duidelijk voor de geest halen. Maar ik weet wel dat de liefde, die ineens haar ogen voor me had geopend, op dat moment diep en ondoorgrondelijk was, en dat het zo schuchter begonnen, maar allengs groeiende verdriet, niet minder diep moet zijn geweest. Kennelijk had ik niet meteen begrepen dat zij dood was en slechts geleidelijk, toen ik de onbeweeglijkheid van het lichaam zag en me bewust werd van de leegheid en de stilte van het huis, voelde ik een bitter en ontroostbaar verdriet in me opkomen. Ik barste in snikken uit en liet mijn tranen geruime tijd de vrije loop. En zo, huilend en nauwelijks begrijpend waar ik mijn eerste stappen zette, verliet ik Nordens huis.

Praktisch ongekleed liep ik weg, met alleen een jas aan en zonder pet, maar ik voelde de koude niet. Het vroor sowieso niet hard anders was ik onderweg wel doodgevroren. Ik liep niet de weg op, maar toen ik de tuin met zijn dikke pak sneeuw was gepasseerd, kwam ik uit bij de oever en begaf me vandaar verder de zee op. De sneeuw op het ijs was om een of andere reden niet heel erg dik, ik kwam makkelijker vooruit en al snel bevond ik me een eind uit de kust, in het midden van een desolate, egale en uitgestrekte vlakte. Ik huilde niet meer, ik dacht aan niets en ging slechts voort, terwijl ik met elke stap leek op te lossen in de witte, uitgestrekte leegte. Nergens was ook maar een paadje, een voetspoor of een donkere vlek te zien, niet voor me, nergens om me heen. En toen ik moe begon te worden en de koude begon te voelen, bleef ik even staan om om me heen te kijken: aan alle kanten strekte zich die uitgestorven, egale en witte vlakte uit die deed denken aan de leegte zelf zoals we die in ons slaap kunnen zien. En al gauw kreeg mijn voorwaartse beweging alle kenmerken van een lange en monotone droom, van een onderdanige en hopeloze strijd met de onoverwinnelijke ruimte. Afgepeigerde, verdoofde paarden aan het einde van een lange tocht of die uitzonderlijke mensen, die van het ene naar het andere einde van de wereld lopen en met het taaie ritme van hun voetstappen het bewustzijn van hun leven doven, die krijgen wellicht een dergelijk droomvisioen te zien. Af en toe werd de sneeuwlaag dikker, mijn benen raakten vast in de diepe sneeuwhopen, en dan stopte ik even om rond te kijken en uit te roepen:

'Wat een leed! Wat een vreselijk verdriet!'

Ik zei deze woorden met een uitdrukkingskracht alsof ik iemand probeerde te overtuigen. En de ogen waarmee ik de oneindige vlakte bekeek, leken me even wit, doods en uitdrukkingsloos als de sneeuw zelf. Maar dat was slechts aan het begin van mijn zwerftocht toen ik nog iets wist uit te brengen. Daarna viel ik helemaal stil, zwijgend bewoog ik me voort en hield ik af en toe halt.

Lange tijd merkte ik helemaal niets van de koude. De heftige sensatie van de vrieslucht, die mijn kleding als het ware van mijn lichaam leek te scheiden, gaf een prettige tinteling in mijn hoofd en borst. Ik werd gevoelloos in mijn knieën en ellebogen, ik kon ze niet meer buigen, maar dit deed geen pijn en het voelde ook anderszins niet onprettig aan. Ik besefte echter niet dat ik onderkoeld raakte. Ik liep maar voort, terwijl ik aandachtig naar de sneeuw onder mijn voeten keek. De sneeuw was steeds hetzelfde. En of de nacht nu werkelijk viel of dat de duisternis zich uit mijzelf verspreidde, om mij heen begon alles langzaam donker te worden, egaal-wit veranderde in egaal-grijs. Er viel niets meer te zien. En als er niets meer te zien is, dan betekent dat blindheid: dat begreep ik toen al, verder weet ik niet hoe lang ik blind ben doorgelopen. Het moment waarop ik viel en mijn bewustzijn verloor, herinner ik me niet meer.

Verder heb ik niets te zeggen.

Men heeft me later verteld dat vissers mij op het ijs hebben gevonden en gered: toevallig was ik net op hun route neergestort. In het ziekenhuis heeft men enkele bevroren tenen moeten afzetten, daama ben ik nog een maand of twee, drie ziek geweest, lange tijd was ik niet bij bewustzijn. Nordens vrouw is gestorven. Hij heeft nog geld gestuurd voor mijn verpleging. Verder heb ik niets meer van hem gehoord. Vanaf die bewuste nacht heeft hij zich ook niet meer laten zien en ik weet zeker dat dat ook niet meer zal gebeuren. Alhoewel, als hij nu zou komen, zou ik hem misschien met een zeker genoegen begroeten.

Het is namelijk zo mijn einde nadert. Iedereen vraagt me wat er toch met me aan de hand is, waarom ik niets zeg en waaraan ik dan zal sterven, en juist die vragen vallen me bijzonder moeilijk. Ik weet dat ze het uit liefde vragen en me willen helpen, maar voor dit soort vragen ben ik vreselijk bang. Weten mensen dan altijd waaraan ze sterven? Antwoorden heb ik niet, maar iedereen vraagt maar door en laat me niet met rust. Ik deel nu een woning met M.I., de studiegenoot die ik had aangeschreven. Hij is erg aardig voor me en wil me over een week, eind mei, meenemen naar het platteland. Dat is allemaal prima, ik werp niets tegen, alleen moet hij me niet de hele tijd met vragen bestoken, hij moet niet zo veel praten. Hoe moet ik hem uitleggen dat zwijgen de natuurlijke toestand van de mens is, wanneer hij nadrukkelijk in bepaalde woorden gelooft en daar om geeft?

Gisteravond zijn we naar de eilanden geweest.[2] Het was heerlijk, er waren veel wandelaars. Alhoewel het al donker was, voer er een jacht uit met verblindend witte zeilen dat nog lang aan de horizon was te zien.

---

[2]  Het Vasiljevski-eiland en de 'Petrogradskaja storona': stadsdelen van St.-Petersburg aan de noordoever van de rivier de Neva, tegenover het centrum van de stad.

O ja: ik moet er, denk ik, nog aan toe voegen dat ik niet van *Jelena* houd, noch van mevrouw Norden en helemaal niet aan hen denk. Genoeg nu.

# RUST

Een oude hoge ambtenaar lag op sterven, een man van aanzien die van het leven had gehouden. Het sterven viel hem zwaar: in God geloofde hij niet, waarom hij stierf kon hij niet zeggen en dat vervulde hem met afgrijzen. Het was verschrikkelijk om te zien hoe moeilijk hij het er mee had.

De stervende hoogwaardigheidsbekleder kon terugblikken op een lang, rijk en interessant leven waarin hart en geest niet werkloos waren gebleven maar bevrediging hadden gevonden. Maar nu waren hart en geest moe, moe was ook heel zijn afgeleefde, langzaam kouder wordende lichaam. Moe waren zijn ogen, zelfs wanneer ze prachtige dingen waarnamen; zijn blik was verzadigd. Zijn oren wilden niets meer horen en zelfs vreugde beklemde zijn uitgeputte hart. Zolang de hoge ambtenaar nog ter been was geweest, had hij zelfs met een zeker genoegen over de dood nagedacht: krijg ik eindelijk rust, dacht hij. Houden ze eindelijk eens op me te zoenen, me respect te betuigen, verslag uit te brengen, dacht hij met plezier. Ja, dat dacht hij.... Maar eenmaal op zijn sterfbed overviel hem een ondraaglijk verdriet en huiverde hij van afschuw.

Even nog zou hij willen leven, even maar, al was het maar tot aanstaande maandag, of beter nog: tot woensdag of donderdag. Maar op welke dag hij uiteindelijk het tijdelijke voor het eeuwige heeft verruild, dat kwam hij niet te weten, alhoewel er maar zeven dagen in een week gaan: maandag, dinsdag, woensdag, donderdag, vrijdag, zaterdag en zondag.

Op die onbekende dag nu, kreeg de hoge functionaris bezoek van een duivel, een doodgewone duivel waarvan er zo veel zijn. Hij was het huis binnengeslopen tegelijk met de priester, de wierook en de kaarsen, maar pas ten overstaan van de gestorvene openbaarde hij zich in heel zijn heilige waarheid. De hoogwaardigheidsbekleder begreep meteen dat de duivel niet zomaar was verschenen en hij was blij toe: als er een duivel was, dan ging je dus niet werkelijk dood, maar moest er een soort onsterfelijkheid bestaan. In het uiterste geval, wanneer er geen onsterfelijkheid bestond, zou hij zijn ziel tegen gunstige voorwaarden kunnen verkopen en op die manier dit leven nog wat rekken. Dat was evident en van de schrik zo klaar als een klontje.

De duivel zag er echter moe en ontevreden uit, wachtte geruime tijd voordat hij het gesprek begon en keek misnoegd en zuur om zich heen alsof hij zich in het huis had vergist. Dat maakte de hoge functionaris ongerust en hij bood de duivel snel een stoel aan: maar toen deze was gaan zitten, keek hij niet minder zuur en volhardde hij in zijn zwijgen.

'Zo zijn ze dus', dacht de hoge ambtenaar die heimelijk het vreemde en meer dan eigenaardige gezicht van de bezoeker bestudeerde. 'Allemachtig, wat een bakkes! Daar zullen ze ook wel niet dol op hem zijn.

Maar hardop zei hij:

'Zo had ik me U niet voorgesteld.'

'Wat?' vroeg de duivel op ontevreden toon.

'Ik had me U zo niet voorgesteld.'

'Ach, schei toch uit.'

Dat zei iedereen die voor het eerst met hem te maken kreeg en het begon hem de keel uit te hangen steeds hetzelfde te moeten horen. De hoogwaardigheidsbekleder dacht ondertussen:

'Ik kan hem toch geen thee aanbieden, of wijn? Met zo'n muil kan hij niet eens drinken.'

'Nou, U bent dus gestorven...', begon de duivel op lijzige en verveelde toon.

'Wat zegt U?', vroeg de geschrokken ambtenaar verontwaardigd. 'Ik ben helemaal nog niet gestorven.'

'Maakt U dat een ander maar wijs,' snauwde de duivel onverschillig. 'U bent gestorven, dus wat zal het wezen? Het is een serieuze aangelegenheid. Daar moeten we een beslissing over nemen.'

'Maar ben ik dan werkelijk dood?,' vroeg de ambtenaar met afgrijzen. 'We... we praten toch met elkaar!'

'En als U de provincie in moet voor inspectie, dan zit U toch ook niet in één keer in uw wagon? U bent nu nog maar op het station.'

'Ik ben nu dus op het station?'

'Ja, waar anders?'

'Aha, ik begrijp het. Dit ben ik al niet meer. Maar waar ben ik dan wel, ik bedoel, waar is mijn lichaam?'

De duivel maakte een onbestemde beweging met het hoofd.

'Niet ver hier vandaan. Op dit moment zijn ze U met warm water aan het wassen.'

De ambtenaar schaamde zich dood. Hij herinnerde zich de lelijke vetrollen bij zijn lendenen en nu begon hij zich helemaal te generen: hij wist dat het wassen van doden door vrouwen gebeurde.

'Een belachelijke gewoonte, 'zei de ambtenaar kwaad.

'Ja, dat is uw zaak. Ik heb er niets mee te maken. Maar mag ik U verzoeken ter zake te komen want veel tijd hebben we niet. U bederft heel snel.'

'In welke zin?', zei de hoge ambtenaar. Het koude zweet brak hem uit. 'In de gebruikelijke?'

'Ja, hoe anders?', plaagde de duivel hem met bittere ironie. 'Neem me niet kwalijk, maar die vragen zitten me tot hier! Luister goed naar wat ik U te zeggen heb. Ik zeg het maar één keer.'

En in gortdroge bewoording maakte de duivel, die met een temerige stem herhaalde waar hij zelf kennelijk meer dan genoeg van had, het volgende bekend. De oude, aanzienlijke en reeds gestorven hoogwaardigheidsbekleder had twee mogelijkheden: of hij zou definitief sterven, of hij zou overgaan naar een speciaal, enigszins vreemd en zelfs verdacht leven. Hij moest maar kiezen, het zou geschieden zoals hij wilde. Als hij het eerste zou kiezen, de dood, dan wachtte hem het eeuwige niets, de stilte, de leegte...

'God, dat is wel het aller vreselijkste, daar ben ik altijd zo bang voor geweest', dacht de hoogwaardigheidsbekleder.

'Een onverstoorbare rust..', ging de duivel verder terwijl hij het voor hem onbekende plafond nieuwsgierig bekeek. 'U zult spoorloos verdwijnen, U houdt volledig op te bestaan, U zult nooit meer spreken of denken, U zult geen wensen meer koesteren, U zult geen pijn of vreugde meer voelen, nooit zult U meer 'ik' zeggen, U verdwijnt, dooft uit, bent ten einde, begrijpt U, U wordt niets...

'Nee, nee, dat wil ik niet!', schreeuwde de hoge functionaris.

'Maar rust', zei de Duivel belerend dat is ook wat waard, moet U weten. Het is zo'n volledige rust dat U echt niets beters zult kunnen bedenken, hoe U ook uw best doet.'

'Ik wil geen rust', zei de ambtenaar beslist, maar uit zijn dode hart steeg een doodse smeekbede op die door de uitputting was ingefluisterd: 'rust, rust, geef me rust'.

De duivel haalde zijn schouders op en vervolgde als een verkoper in een modewinkel aan het eind van een drukke dag:

'Maar aan de andere kant kan ik U het eeuwige leven aanbieden...'

'Het eeuwige?'

'Ja, in de hel. Natuurlijk, optimaal is het niet, maar het is evengoed een leven. Enige verstrooiing zult U er zeker vinden, interessante kennissen, gesprekken... maar het belangrijkste is dat U voor altijd uw "ik" blijft behouden. U zult eeuwig leven.'

'En lijden? vroeg de man angstig.

'Ach, lijden. Wat stelt dat nu eigenlijk voor?', fronste de duivel misnoegd. 'Dat is erg, zolang je er niet aan bent gewend. En ik moet U er op attent maken dat als er bij ons al wordt geklaagd, dan is het juist over de gewenning.'

'Is het een drukke bedoening daar bij U?'

De duivel loensde even.

'Reken maar. Ja, over de gewenning. Naar aanleiding hiervan hebben zich bij ons onlangs nog ernstige ongeregeldheden voorgedaan. Ze eisten nieuwe folteringen. Maar waar haal je die vandaan? "Clichés", werd er geroepen, "je reinste routine"...'

'Belachelijk!!', zei de hoogwaardigheidsbekleder.

'Ja, breng ze dat maar eens aan hun verstand. Gelukkig, heeft onze...'

De duivel stond eventjes eerbiedig op en trok een lelijk gezicht. De hoge ambtenaar volgde zijn voorbeeld; je wist maar nooit.

'Onze Maestro heeft de zondaars een voorstel gedaan: vooruit dan, kwel elkaar zelf maar, ga je gang!'

'Een soort zelfbestuur dus' merkte de hoge functionaris ironisch op.

De Duivel ging weer zitten en lachte.

'En nu bedenken ze de folteringen zelf. Nou, hoe zit het, mijn beste? U moet een beslissing nemen.'

De hoge ambtenaar dacht na en vroeg de duivel, die hij ondanks diens gemene tronie al vertrouwde als zijn eigen broer, op onzekere toon:

'Wat zoudt U me aanraden?'

Het gezicht van de duivel betrok:

'Nee, kom me daar niet mee aan boord. Ik sta hier buiten.'

'Nou, ik wil niet naar de hel!'

'Dat hoeft ook niet. Als U dan hier even tekent.'

De duivel legde een nogal vies papiertje voor de hoogwaardigheidsbekleder neer dat meer van een zakdoek weghad dan van een belangrijk document.

'Hierzo', gaf hij met zijn nagel aan. 'Nee, nee, daar niet, dat is als U naar de hel wilt. Voor de dood moet U hier tekenen.'

De ambtenaar liet zijn pen een ogenblik in de lucht zweven en liet hem toen met een zucht zakken.

'U hebt makkelijk praten', zei hij verwijtend. 'Maar wat moet ik? Vertelt U eens, hoe word je daar hoofdzakelijk gefolterd? Met vuur?'

'Ja, ook met vuur', antwoordde de duivel onverschillig. 'We hebben feestdagen.'

'Werkelijk?', zei de hoogwaardigheidsbekleder verheugd.

'Ja, op zondagen en op nationale feestdagen heeft iedereen vrij. Op zaterdag.', de duivel kon een langgerekte geeuw niet onderdrukken '…werken we alleen van tien tot twaalf'.

'Aha. En hoe zit het met Kerstmis en zo?'

'Met Kerstmis en Pasen bent U drie dagen vrij. En 's zomers hebt U nog een maand vakantie.'

'Tsjonge', sprak de ambtenaar opgetogen. 'Dat is zelfs humaan. Had ik niet verwacht. Enne... als je je... in het uiterste geval natuurlijk, als je je ziek meldt?'

De duivel keek hem even strak aan en zei toen:

'Schei toch uit.'

De hoogwaardigheidsbekleder werd door een gevoel van schaamte overvallen Ook de duivel voelde een zekere gêne. Hij slaakte een zucht en sloeg zijn ogen neer. Het was duidelijk dat hij vandaag óf niet goed uitgeslapen was, óf dat het hem allemaal stierlijk verveelde: hoge functionarissen die op sterven lagen, het niets, het eeuwige leven. Aan de vacht op zijn rechterbeen plakte een stukje opgedroogde modder.

'Waar komt dat vandaan?' dacht de ambtenaar. Hij is nog te lui om zich te wassen'.

'Goed. Je hebt dus het niets', zei de hoogwaardigheidsbekleder peinzend.

'Het niets...', echode de duivel zonder zijn ogen te openen.

'Of het eeuwige leven'.

'Of het eeuwige leven'.

Lang moest de gestorvene nadenken. De dodenmis was al lang afgelopen, en hij zat nog te piekeren. En wie zijn buitengewoon strenge en ernstige gezicht op het kussen zag liggen, vermoedde niet wat voor merkwaardige dromen er in zijn koude schedel rondspookten. En ook de duivel was niet zichtbaar. Het laatste beetje wierook brandde op en vervloog, het rook naar gedoofde kaarsen en naar nog iets anders, leek het wel.

'Het eeuwige leven,' herhaalde de duivel peinzend zonder zijn ogen te openen. 'Leg hem liever uit wat het eeuwige leven inhoudt. Je bent niet duidelijk, zegt-ie. Maar zal die idioot ooit begrijpen dat...'

'Hebt U het over mij?' vroeg de ambtenaar hoopvol.

'Ik bedoel het meer in algemene zin. Mijn taak stelt niet veel voor, maar als je dat zo allemaal eens bekijkt...'

De duivel schudde mistroostig het hoofd. De hoge ambtenaar volgde zijn voorbeeld als blijk van medeleven en zei:

'U bent kennelijk niet helemaal tevreden. Wanneer ik van mijn kant...'

'Ik verzoek U mijn privéleven er buiten te laten,' stoof de duivel op. 'En wie is hier nou eigenlijk de duivel: U of ik? Er is U wat gevraagd, geef dan ook antwoord: wordt 't het leven of de dood?

En opnieuw moest de ambtenaar nadenken. Nog steeds had hij geen besluit gevat. En of het nu kwam doordat zijn hersens met elke seconde wat verder bedierven of door zijn eigen slapheid, maar hij neigde toch meer naar het eeuwige leven. 'Wat stelt lijden nu eigenlijk voor?' dacht hij. Was niet zijn hele leven een lijdensweg geweest? En toch, wat had hij van het leven genoten. Niet het lijden is afschrikwekkend, maar dat het hart er misschien geen plaats voor biedt. Het hart kan het niet aan en vraagt om rust, om rust...

... Op dat moment reed men hem al naar het kerkhof. En dicht bij het departement waar hij de scepter had gezwaaid, werd de dodenmis gehouden. Het regende, iedereen stond onder paraplu's, het water stroomde van de paraplu's op het wegdek. Het wegdek glom, bellen dansten zwijgend over de regenplassen. Het waaide.

'Maar het hart kan ook de vreugde niet aan,' dacht de ambtenaar die nu weer meer naar het niets neigde. 'Het raakt uitgeput en vraagt om rust, om rust. Of ik nu alleen zo'n klein hart heb of dat het iedereen zo vergaat, maar ik ben zo moe, ach, wat ben ik moe'. Er schoot hem een recent voorval te binnen. Dat was nog van voor zijn ziekte. Hij had gasten ontvangen, het was een vrolijke en levendige bedoening geweest. Wat hadden ze gelachen, vooral hij. Op een gegeven moment stonden hem de tranen in de ogen. Maar nog voordat hij tegen zich zelf had kunnen zeggen 'wat ben ik gelukkig', kreeg hij plotseling de behoefte om de eenzaamheid op te zoeken. Hij wilde zich niet op zijn studeerkamer terugtrekken en ook niet op de slaapkamer, maar op de aller eenzaamste plaats. En zo verborg hij zich waar men alleen voor zijn behoefte naar toegaat. Daar verstopte hij zich als een kleine jongen die zijn straf probeert te ontlopen. En terwijl de vermoeidheid hem zijn adem bijna ontnam, had hij op die eenzame plaats enkele minuten doorgebracht waarbij hij zijn lichaam en geest had aangeboden aan de dood waarmee hij zich had onderhouden in een zwijgen zo somber als in het graf.

'We moeten voortmaken,' zei de duivel somber. 'Het einde nadert.'

Dat woord had hij beter niet kunnen gebruiken: het 'einde'. De hoge ambtenaar had zich al bijna helemaal aan de dood overgegeven, maar bij het horen van dat woord schrok het leven weer wakker, schreeuwde het uit en eiste het te worden voortgezet. Het was nu allemaal zo onduidelijk en gecompliceerd geworden dat de ambtenaar besloot om op het lot te vertrouwen.

'Mag ik met mijn ogen dicht tekenen?' vroeg hij de duivel angstig.

De duivel keek hem even van opzij aan, schudde zijn hoofd en zei:

'Schei toch uit met die onzin.'

Maar hij moest zijn buik vol hebben van al dat gehannes. Hij dacht even na, slaakte een zucht en legde toen voor de ambtenaar opnieuw het vieze papiertje neer dat meer weghad van een zakdoek, dan van zo'n belangrijk document. De ambtenaar nam de pen, tikte wat overtollige inkt af, sloot zijn ogen, zocht met zijn vinger de plaats waar hij moest tekenen en... Maar op het laatste moment, toen hij zijn handtekening al zette, hield hij 't niet meer uit en opende één oog. Hij wierp de pen van zich af en kreunde:

'Ach, wat heb ik gedaan!'

En de duivel echode:

'Ach!'

Ook de muren en het plafond kreunden en al kreunend schoven ze uiteen. Toen hij vertrok, barstte de duivel in lachen uit. En hoe meer hij zich verwijderde, des te holler werd zijn lach die aanzwol tot een afschuwelijk geloei.

... Op dat moment verdween de hoge ambtenaar reeds onder de grond. De vochtige, kleverige aardkluiten kwamen bonzend neer op de deksel en het leek wel of de kist leeg was, of er niemand in lag, zelfs de gestorvene niet, zo hol en galmend was het geluid.

GLAGOSLAV PUBLICATIONS
www.glagoslav.com